小学館文庫

突きの鬼一　岩燕

鈴木英治

小学館

目次

突きの鬼一（おにいち）　岩燕（いわつばめ）

第一章

一

刀の柄に右手を置き、百目鬼一郎太は三和土の雪駄を履いた。

心気を集中し、板戸越しに外の様子をうかがう。

木枯らしが音を立てて吹き渡っているらしく、梢が騒いでいる。建て付けのよいはずの戸が風に押され、がたついた。

風がやむと、外は静寂に包まれた。今も女郎屋の者たちが手分けして、お竹を捜し回っているはずだが、剣呑な気は漂っていない。

——大丈夫だ。

刀の柄から手を離し、一郎太は戸を少しだけ開けて外を見た。

暮れ六つをとうに回り、江戸の町は闇に閉ざされている。常夜灯の明かりの先端が、戸口近くまで届いていた。

眼前の道を行く人影は一つもなく、閑散としている。

飲み屋が集まる繁華な場所ならともかく、江戸では暮れ六つを過ぎると、灯火の油を節約するために庶民は掻巻を着て眠るのが常である。

夜間に他出する者など、ほとんどいない。特に、今宵のように冷たい風が吹きすさぶ晩に出かけるのは、よんどころない用がある者か、よほど酔狂な者であろう。

お竹を捜すやくざ者の姿がないのを確かめた一郎太は、大きく戸を開けて外に出た。

いきなり風が吹き寄せてきて、骨身に染みるような冷たさに包まれた。

なんという寒さだ、と思った途端、体に震えが走った。あわてて一郎太は襟元をかき合わせた。

美濃の北山も寒いが、江戸も相当のものである。しかも今宵は、じきに雪が降るのではないかと思わせるほどの冷え方だ。

暦は冬に入っていないが、秋にはこういう日がときおりある。

背後をちらりと振り返って、一郎太は三和土を見やった。

「大丈夫だ、出てこい」

そっと手招きすると、まず志乃が敷居を越えてきた。志乃に手を引かれて、お竹が姿をあらわす。

二人の女の甘いにおいが、風にさらわれることなく立ち上ったが、妻の静一筋の一郎太がそそられるようなことはない。

最後に、刀を腰に帯びた神酒藍蔵が出てきて戸を閉め、錠を下ろした。錠がしっかりと閉まったか、確かめている。

「よし、まいりましょう」

一郎太たちを見て藍蔵がいった。

「その前に藍蔵、提灯をつけてくれ」

一郎太がいうと、そうでしたな、と藍蔵がうなずき、強い風が吹き渡る中、火打ち道具を使って手際よく提灯を灯した。一郎太の足元が、ほんのりと明るくなる。

「よし、まいろう」

近くに人影がないことを改めて見て取った一郎太は、志乃とお竹をいざなった。はい、と二人が声を揃える。

刀の鍔に指をかけて、一郎太は道を歩き出した。すかさず一郎太の前に出た藍蔵が提灯をさげ、一郎太の足元を照らしはじめる。

「志乃、お竹。俺の前を行くのだ」

軽く手を振り、一郎太は二人にいった。

「はい、わかりました」

藍蔵、志乃、お竹、一郎太の順で暗い道を歩き出した。

根津の家をあとにした一郎太たちが目指すのは、一町ほど先に店を構える槐屋である。槐屋のあるじの徳兵衛は江戸三大青物市場のひとつ、駒込土物店を差配しており、本郷の草創名主でもある。槐屋には、夕餉を食べに行くのだ。

あたりに目を光らせつつ、一郎太は軽く首をひねった。

――夕餉をとるのに、ここまで気を配るのは大袈裟に過ぎるかもしれぬが……。

とにかく、油断は禁物である。お竹を捜し回っている女郎屋の者ばかりでなく、一郎太自身、命を狙われる身だからだ。用心して、しすぎることは決してない。

一郎太は美濃北山で三万石を領する大名、百目鬼家の当主だった。だが、自身が発した年貢半減令では家中の賛意を得られず、家臣たちに背を向けられた。

一郎太を闇討ちにしようという者まであらわれ、北山領内の賭場にいたところを、国家老の黒岩監物が差し向けた刺客に襲われた。

剣の達人の一郎太は必死に刀を振るい、二十人近い刺客を倒した。ただ、その中の一人が、一郎太の信頼していた小姓の伊吹進兵衛だった。

進兵衛は頭巾をかぶっており、一郎太はそうとは知らずに斬ったのだ。頭巾を剝いで進兵衛だと覚った一郎太はその場を逃れ、城下に向かった。伊吹屋敷に進兵衛の父の城代家老、勘助を訪ね、なにがあったか伝えた。

話を聞いて驚愕した勘助は、腹を切るといい出した。一郎太はなんとしても止めたかったが、勘助を翻意させるすべはなかった。

伊吹屋敷の庭において勘助は切腹し、一郎太は勘助の介錯をした。

年貢半減令を家中の反対を押し切って実行した一郎太は結果として勘助、進兵衛親子だけでなく、刺客として差し向けられた大勢の家臣を死に追いやった。

大名家の当主に嫌気が差した一郎太は、後事を弟の重二郎に託して北山を出奔し、江戸に出てきたのである。

黒岩監物は執拗だった。もっとも、執拗なのは監物ではなく、重二郎がかわいくてならない一郎太の実母桜香院らしかった。

なにしろ今も、監物配下の忍びである羽摺りの者が、一郎太の命を狙っているのである。

実際に一郎太は今日の昼、羽摺り四天王の一人である白虎と真剣で戦った。場所は、王子の飛鳥山にある不動の滝である。

一郎太の誇る秘剣滝止が、棒を得物とする白虎の喉を貫き、仕留めることができた。その余韻はいまだにさめない。

白虎というあの男は、と歩を進めながら一郎太は思い出した。

――強かった。実に強かった。

一郎太が勝てたのは決して運ではなかったが、実力の差は紙一重でしかなかった。おそらく白虎には、慢心があったのだろう。

――やつは俺が剣の遣い手だと知っていたはずだが、どうせ元大名の手慰みに過ぎぬと、なめていたのだ。

その油断をついて勝ったようなものだ、と一郎太は思った。一郎太の刀尖が白虎の喉を貫いたときの、白虎の驚きに満ちた目がそれを物語っている。

――それにしても……。

後ろを振り返り、一郎太は誰もつけてきていないのを確かめた。背後も闇に包まれているが、怪しい者がそこにいるかどうかくらいは、つかめる。

――いや、果たしてそうなのか。

なにしろ相手は腕利きの忍びなのだ。こちらが気づかないだけで、すでに背後の闇にひそんでいるかもしれない。

だからといって、二人の女の前を行き、羽摺りの者の攻撃の盾にするわけにはいかない。

――そのような真似をするくらいなら、さっさと死んだほうがよい。

ふと、白虎の死顔が一郎太の脳裏をよぎっていった。

――やつの骸はどうなったのだろう……。

一郎太が喉から刀を引き抜いたあと、白虎は水しぶきで濡れた土の上を滑り、滝壺に落ちていったが、今頃、骸が水面に浮いてはいないだろうか。

不動の滝は、打たれれば諸病が治るといわれ、霊験のあらたかさを江戸の庶民は篤く信仰している。江戸の者たちが愛してやまない場所を、一郎太は血で汚したのである。

――まことに済まぬことをした。

藍蔵のさげる提灯を見つめて、一郎太は心から謝した。

不動の滝は石神井川に注ぎ込んでいるから、もし白虎の骸が滝壺に浮いたとしても、流れに運ばれていくだろう。

江戸では川に浮いている死骸は岸に流れ着かない限り、犯罪扱いはされない。仮に岸に流れ着いたとしても、面倒を恐れた者が、棹などで再び流れに突き返すのも珍しくない。

――大した騒ぎにはならぬだろう。

一郎太としては、そう信じたい。

――俺は四天王のうち、まだ一人を屠(ほふ)ったに過ぎぬ。あれだけの手練(てだれ)が、あと三人もいるのか……。

正直、気分が滅入(めい)る。また血でおのれの手を汚すのは避けられない。しかも手練に狙われているために、一瞬たりとも気を抜けないのだ。

提灯を手に前を行く藍蔵も、一郎太と同じ心持ちのようで、気を緩めずに歩いているのが伝わってくる。

不意に体を丸め、お竹が咳(せき)をした。かなり苦しそうである。

すぐに志乃がお竹の背中をさする。その甲斐(かい)があったか、咳は治まった。

「大丈夫」

志乃がお竹にきく。

「ええ、ありがとう。大丈夫よ」

気丈にお竹が答えた。どこからか息が漏れ出しているような咳の音が、一郎太の気にかかった。

結局、襲ってくる者はなく、一郎太たちは槐屋に着いた。一郎太は、わずかながら安堵(あんど)の息をついた。

槐屋の表戸は、すでに閉まっている。

「こちらに回りましょう」

右手を上げて、志乃が槐屋の横にある路地を指し示した。

ひときわ暗い路地に向けて提灯を突き出した藍蔵が、そこに誰もひそんでいないのを確かめる。

「まいりましょう」

うなずいて藍蔵が足を踏み入れた。一郎太たちは、そのあとに続いた。

けっこうな奥行きがある路地に沿って、高い塀が半町以上にわたって続いている。さすが、駒込土物店の差配、なんとも宏壮(こうそう)な屋敷だった。

二十間ばかり行くと、塀の切れ目に木戸があった。槐屋の裏口である。

木戸の前に立った志乃が、扉をほたほたと叩(たた)く。男の声で応(いら)えがあった。

「その声は五吉(ごきち)ね。ここを開けてちょうだい」

五吉が槐屋で古くから働く下男であるのを、一郎太は知っている。

「いま開けます」

しわがれた声がし、閂(かんぬき)を外す音が聞こえてきた。戸がきしみながら開く。

「お待たせしました」

一人の年寄りが、顔をのぞかせた。五吉は戸を押さえてくれている。

「ありがとう、五吉」

志乃が礼をいい、まずお竹を中に入らせた。次いで志乃が木戸をくぐり、一郎太はそのあとに続いた。

最後に、提灯を吹き消した藍蔵が足を踏み入れた。五吉が戸を閉め、閂をかける。

槐屋の敷地内に足を進めた一郎太たちは、勝手口から母屋に入った。

「済みません、月野さまを裏口から入らせてしまって」

一郎太に申し訳なさそうな眼差しを注いで、志乃が謝る。

「志乃、そのようなことを気にすることはない。俺はただの浪人に過ぎぬ」

「でも、月野さまはただのご浪人には見えません」

笑みをたたえて志乃がいった。一郎太も笑いを誘われそうになったが、すぐに真顔になった。

「いや、志乃。俺は、ただの浪人に過ぎぬ」

「はいはい、わかりました」

一郎太たちが足を踏み入れたのは商いの場ではなく、槐屋の家人が暮らす住居である。

「こちらにどうぞ」

志乃にいざなわれて、一郎太たちは台所の隣の部屋に入った。畳が敷かれた十畳間で、夕餉の膳が四つ並んでいた。

「お竹ちゃんのお膳もすぐに用意します」

「失礼する」

腰から鞘ごと刀を抜き取って、一郎太はいつもの席に座した。同じく刀を腰から外した藍蔵が、一郎太の隣に座る。

志乃が膳を持ってきた。

「お竹ちゃん、どこでも好きなところに座ってください」

優しい口調で志乃がお竹にいった。一郎太と藍蔵は毎日、食べに来ているので慣れているが、お竹は初めてで、やはり戸惑いがあるようだ。

「じゃあ志乃ちゃん、ここでもいい」

お竹が遠慮がちに藍蔵の隣を指さした。

「ええ、もちろんよ」

「ありがとう」

いつもは志乃が一郎太たちに給仕している席に、お竹が端座した。

「すみません、お邪魔します」

藍蔵に向かってお竹が頭を下げる。

「ああ、いや、お竹どの。そのような他人行儀は無用にしてくだされ」

藍蔵がいい、朗らかに笑った。

「いえ――」

すぐさまお竹がかぶりを振った。

「親しき仲に垣(かき)をせよ、という諺(ことわざ)もありますから……」

「ほう、お竹どの。そのような言葉をよく知っていますね。それがしは、久しぶりに聞きましたぞ」

でれっとした顔になった藍蔵が、お竹を褒めたたえる。

「女郎といっても、いろいろ学ばねばならないことはありましたので……」

うつむいたお竹が小声でいった。一郎太は、お竹は武家も相手にしていたのかもしれぬ、と思った。

「同じ意味の言葉で、心安いは不和の基(もと)、ともいいますな」

お竹を見つめて、藍蔵が語りかける。

「あら、神酒さまも物知りでいらっしゃいますね」

面(おもて)を上げて、お竹が目を細める。

「なに、大したことはありませぬ」

「そのようなことはございません。神酒さまは、素晴らしい学識をお持ちでございます」

「学識ですか。まことによい言葉ですなあ。お竹どのにそういっていただけると、跳び上がるほどうれしゅうござる」

目尻が垂れ下がり、藍蔵は緩みきった顔になっている。腑抜けとしかいいようがない顔を、一郎太は見ていられなかった。

「おい、藍蔵」

小声で呼びかけ、一郎太は藍蔵の肩をつついた。

「はい、なんですか」

にたにたした顔を藍蔵が向けてきた。

「志乃がにらんでおるぞ」

一郎太は藍蔵にささやきかけた。えっ、と藍蔵が我に返り、一瞬で笑みを消した。背筋を伸ばし、しゃんとする。そばに立っている志乃を見て、愛想笑いをした。

眉根を寄せて、志乃が藍蔵をにらみつけている。志乃の射るような眼差しをまともに浴びて、藍蔵が体を硬くした。

「月野さま、神酒さま。いらっしゃいませ」

そこに姿を見せたのは、槐屋のあるじの徳兵衛である。

「ああ、おとっつぁん」

志乃が目から力を抜いた。同時に藍蔵もほっと安堵の息を漏らす。

「志乃、どうかしたのか。怖い顔をしているようだが……」

「ううん、なんでもないの」

二人のやりとりを目の当たりにした一郎太は、徳兵衛は藍蔵にとっては救いの神だな、と思った。

――藍蔵は、徳兵衛に手を合わせたいくらいだろう……。

徳兵衛が一郎太と藍蔵を見る。

「いつものように邪魔しておるぞ」

「いえ、邪魔だなど、とんでもないことでございます。――おや……」

一郎太の向かいに座った徳兵衛が、不思議そうにつぶやいた。志乃の席に、お竹がいるのに気づいたからである。

「こちらの娘さんは……」

いぶかしげな目で、徳兵衛が志乃にきいた。

「この娘はお竹という」

志乃に代わって一郎太が答えた。

「お竹さん……」

その名に聞き覚えがあるような顔で徳兵衛が首をひねり、お竹の顔を凝視する。

「実は――」

どういう仕儀(しぎ)でここにお竹がいるのか、一郎太は徳兵衛に手短に説明した。

「えっ、あのお竹ちゃん――」

信じられないという顔で、徳兵衛が目を大きく見開いた。

「なんと、では、樽吉（たるきち）さんのところのお竹ちゃんかい」

確かめるように徳兵衛がお竹にたずねた。

「はい、さようです」

徳兵衛を見て、お竹が小さく答えた。こほん、と小さな咳をする。

「ああ、そうだったのか。あのお竹ちゃんかい。いったい何年ぶりかねえ」

懐かしそうに徳兵衛がいい、改めてお竹に眼差しを投げる。

「うん、うん、いわれてみれば、幼い頃の面影、そのままだねえ。器量よしだったお文（ふみ）さんに、よく似ているよ。樽吉さんもお文さんも、おまえさんがいなくなって、気がふれたように捜し回ったものだったが……。もちろん、わしら町内の者も必死に捜したんだ。だが、おまえさんは見つからなかった。迷子札もしていたのに……」

どういう事情だったのか、お竹が徳兵衛に訥々（とつとつ）と説明した。

「それは本当かい」

瞠目（どうもく）した徳兵衛がお竹に質（ただ）した。

「ええ」

恥ずかしそうに身を小さくして、お竹が答えた。

「それは苦労したね」

首を振り振りいい、徳兵衛が両肩から力を抜いた。

「樽吉さんは、博打(ばくち)の借金の形(かた)にお竹ちゃんを女郎に差し出したのかい。まったくとんでもないことをしたものだねえ……」

さすがに思いも寄らなかったらしく、徳兵衛の声は苛立(いらだ)ちを孕(はら)んでいた。

「おとっつぁんは、仕方なかったのだと思います」

か細い声でお竹が答えた。

「そんなことはないよ。自分がつくった借金を娘に背負わせるなんて……」

「親を助けるのも、子の務めですから……」

「お竹ちゃん、それでは、あまりに物わかりがよすぎる……」

徳兵衛が言葉を失う。

「お竹ちゃんは同じ女郎屋さんにずっといたのかい」

軽く咳払いして、徳兵衛が新たな問いを発した。

「いえ、そうではありません。あちこち転々としました」

「うむ、そうか、そうか」

しみじみとした口調で徳兵衛がいった。

「樽吉さんの博打好きは、わしも耳にしてはいたのだが……」

　ふう、と徳兵衛が吐息を漏らす。

「この町からいなくなって、お竹ちゃんは最初はどこにいたんだい。吉原かい」

「いえ、ちがいます」

　即座にお竹が首を横に振った。

「深川のほうの女郎屋です」

「深川かい。それから、ほうぼうを転々としていたのか……」

　はい、とお竹がうなずいた。

「この町からいなくなってからも、江戸を離れずにいたのかい」

「さようです。江戸を出ることはありませんでした」

　お竹がこくりと首を縦に動かした。

「とにかくお竹ちゃんはついに耐えきれなくなって、今のところを逃げ出してきたんだね」

「はい……」

　うなだれたお竹が、泣き出しそうな顔になった。お竹の顔には折檻の痕などないが、きっとその手のことも少なからずあったのではないか、と一郎太は思った。

「大変だっただろうね」

　徳兵衛がいった。

「さあ、お竹ちゃん、遠慮せず、たくさん食べておくれ」

お竹を見て徳兵衛が優しく促す。

槐屋の夕餉は鯖の味噌煮に青菜のおひたし、湯豆腐、油揚げの味噌汁にたくあんという豪勢なもので、一郎太たちはいつもと同様にありがたくいただいた。

しかし残念ながら、お竹の箸が進んだとはいえなかった。味噌汁を少し飲み、おひたしと湯豆腐に口をつけた程度だった。

むろん、口に合わなかったというわけではなく、ただ食欲がないということらしかった。確かにお竹の顔色は悪く、目の下にどす黒いくまができていた。息が漏れるような咳も気になった。

——よほど具合が悪いのだな……。

お竹の身が案じられて、一郎太は眉を曇らせた。

すると、またお竹が咳をした。今度は、先ほどより長く続いた。

「大丈夫でござるか」

手を伸ばし、藍蔵がお竹の背をさする。

「ありがとうございます」

咳が治まったお竹が藍蔵に礼をいう。

「おかげさまで、だいぶ楽になりました」

「それならよいのだが……」

今度は、志乃は別に怖い顔をしなかった。優しい藍蔵が、まるで妹のようにお竹をいたわったのがわかったからであろう。

夕餉を終えた一郎太と藍蔵が根津の家に帰る段になって、徳兵衛が一郎太に呼びかけてきた。

「月野さま。お竹ちゃんですが、今宵はこちらで志乃と一緒に休んだほうが、よろしいのではありませんか」

徳兵衛たちがお竹を世話してくれるのなら、一郎太には渡りに船だが、いくらなんでも面倒をかけすぎるのではないか、という気もする。それに、お竹の気持ちもあろう。

お竹はどうしたいのだ、と一郎太は問おうとして、思いとどまった。お竹にはなんとも答えようがあるまい、と覚ったからである。どちらの世話になるにせよ、迷惑をかけるのはまちがいないのだ。

ならば、と一郎太は思った。ここは、徳兵衛の厚意に甘えるのがよいのではないか。そのほうがお竹のためにもなりそうだ。

「では、そうしてもらえるか」

真剣な眼差しを注いで、一郎太は徳兵衛に頼んだ。

「ええ、けっこうですよ」

笑顔で徳兵衛が快諾し、お竹に話しかける。

「今夜、お竹ちゃんはうちに泊まるってことで、構わないかい」

一瞬、お竹がためらったように一郎太には見えた。

——まさか、藍蔵と別れ難いわけではなかろうな。

大男で無骨だが、意外に細やかなところがあって、いつも微笑をたたえている藍蔵は、女にかなりもてるのだ。

「はい、もちろんです」

小さな笑みを浮かべ、お竹が気を取り直したように答えた。

「じゃあお竹ちゃん、こっちに来てくれる」

まだ夕餉を食べずにいる志乃が、お竹をいざなう。

「うん、わかった」

ほっそりとした顎を引いたお竹が立ち上がった。その途端、めまいでもしたか、ふらりとよろめいた。

あっ、と声を上げた藍蔵が素早く腰を上げ、お竹を抱きかかえた。

「大丈夫でござるか」

だが、お竹から返事はない。一郎太が見ると、藍蔵の腕の中で、お竹は力なくうなだれていた。気を失っているようだ。

むっ、と藍蔵が顔をしかめた。

着物を通じて、お竹の体温が藍蔵の手に伝わっているのだろう。

「ひどい熱です」

「近くに医者はおるか」

一郎太は徳兵衛にきいた。同時にかたわらの刀をつかむ。

一郎太を見て徳兵衛が驚きの顔になったものの、すぐさま冷静さを取り戻したらしく、志乃に目を当てる。

「志乃、まずはおまえの部屋に布団を敷いてくれないか」

「わかりました」

こくりと首肯した志乃が部屋を出ていく。

「神酒さま、お竹ちゃんを志乃の部屋に運んでくださいますか」

徳兵衛が藍蔵に頼んだ。

「お安い御用だ」

「では、こちらにおいでください」

うむ、とうなずいた藍蔵がお竹を軽々と横抱きに持ち上げる。藍蔵の刀を手にして徳兵衛が部屋を出た。

続いて藍蔵が欄間に頭が当たらないよう身をかがめて廊下に出、歩き出した。さすがに百目鬼家で一番の大力のことはあり、お竹を抱いていても、ふらつくようなことはまったくない。

一郎太も立ち上がり、部屋をあとにした。

五間ばかり行ったところに、志乃の部屋はあった。敷居際に立った藍蔵がお竹を抱きかかえたまま、ここが志乃どのの部屋か、という顔で見ている。一郎太は、藍蔵の斜め後ろに控えた。

掃除が行き届いた八畳間には上等そうな箪笥が置かれ、文机と火鉢もあった。文机の上には一輪挿しがのっており、菊が生けられている。

志乃が、あっという間に部屋の真ん中に布団を敷いた。

「神酒さま、お竹ちゃんをこちらにお願いいたします」

掛布団を手にした志乃にいわれ、藍蔵が布団の上にお竹を寝かせた。志乃が、お竹に掛布団をそっとかける。

掛布団とは、と一郎太は思った。

――さすがに槐屋だな。

江戸で掛布団を使っている者は、大名や大身の旗本、吉原の花魁、大商人くらいではないだろうか。

医者を呼びに行くぞ、と一郎太はいいかけた。だが、その前に志乃が徳兵衛に向かってはきはきといった。

「おとっつぁん、源篤先生を呼んでくるね」

「頼む」

「藍蔵、志乃についていくのだ」

「夜間に、おなごを一人で外に出すわけにはいかぬ」

間髪を容れずに一郎太は命じた。

「承知いたしました」

藍蔵が志乃を見た。

「志乃どの、まいろう」

藍蔵がいうと、志乃がうれしそうに目を輝かせた。

「わかりました」

「あっ、神酒さま、これを」

手にしていた刀を徳兵衛が藍蔵に差し出す。

「かたじけない」

礼をいって藍蔵が刀を受け取り、腰に差した。一郎太に会釈し、志乃とともに廊下に出る。急ぎ足で、二人が勝手口へと向かった。

それを見た徳兵衛が枕元に端座し、お竹の額に手を静かに当てた。

「どうだ」

刀を畳の上に置いて徳兵衛の横に座し、一郎太は問うた。

「ひどい熱です」

額にくっきりとしわを刻んで、徳兵衛が首を横に振った。

「そうか。心配だな」

目をつむってはいるものの、お竹はせわしない息をついている。先ほどまで青かった顔色は、いつの間にか赤くなっていた。

――どこが悪いのだろう……。

医術に関してまったく知識がない一郎太には、見当もつかない。できるものなら、百目鬼家の御典医を呼びたいくらいだ。

だがそれも、と一郎太は思った。これからやってくるはずの源篤という町医者の腕がよくなかったときのことであろう。

――徳兵衛は、源篤という医者を頼りにしているようだ……。

お竹から目を離し、一郎太は徳兵衛の横顔を見つめた。

「源篤という医者は、この近所で医療所を開いているのか」

「近所といえば近所ですが、四町ほどはございましょうか」

「四町か……」

　藍蔵を一緒に行かせてよかった、と一郎太は安堵した。いくら江戸の治安がよいといっても、日暮れてから四町もの道のりを娘一人で行かせるのは、あまりに不安である。

　志乃には慣れた道だといっても、やはりなにがあるかわからない。平和な町にも、おかしな者は必ずいるものだ。

　――それより、羽摺りの者どもが藍蔵を襲わぬだろうか。

　考えられないことではない。藍蔵は一郎太の右腕といってよい。右腕をもいでしまえば、一郎太の命を奪うのがたやすくなると、羽摺りの者が考えても不思議はない。

　――四町もあるのなら、俺と藍蔵の二人で行くべきであった……。

　志乃が行くと口にしたときは、そこまで思いが至らなかった。しくじりだ、と一郎太は舌打ちしたい思いだった。

　――今からでも行くのがよいか。

　いや、遅い。それはやめたほうがよい気がした。今は、藍蔵たちの戻りをおとなしく待つのがよい。一郎太はそう判断した。

　しばらくして、勝手口のほうで人の気配がした。藍蔵たちが帰ってきたのだ。意外に早い。よほど急いだのではあるまいか。

――とにかく何事もなかったか……。

心中で一郎太は息をついた。

「医者が来たようだな」

はい、と応じて徳兵衛が立ち上がり、部屋を出ていこうとする。一郎太も立ったが、徳兵衛が敷居際で制した。

「月野さまは、こちらでお竹ちゃんを見ていてくださいませんか」

「承知した」

微笑して一礼し、徳兵衛が廊下に出た。腰高障子(こしだかしょうじ)が閉じられ、徳兵衛の影が横に動いていった。

座り直した一郎太は、目の前のお竹の顔を見た。暑さにやられた犬のように、お竹の呼吸は相変わらず速いままである。

人がやってくる物音がし、失礼いたします、と徳兵衛の声がした。腰高障子が開き、一郎太が見やると、敷居際に徳兵衛が立っていた。徳兵衛が中に入り、横にどく。十徳(じっとく)を羽織った初老の男が、軽く頭を下げて敷居を越えた。薬箱を持った助手らしい若者が続いた。

――この男が源篤どのか……。

すっくと立ち上がった一郎太は、源篤のために場所を空けた。

失礼いたすといって、源篤がお竹の枕元に座った。薬箱を置いた助手が、源篤の隣に端座する。

——よい医者のようだな。

源篤の物腰から、一郎太は確信した。源篤は悠然と落ち着き払っており、表情に不安のふの字もない。

「では月野さま、手前どもは出ておりましょうか」

徳兵衛にいわれ、うむ、と返事をして一郎太は部屋の外に出た。

「源篤先生、なにかありましたら、お声をかけてください。どうか、よろしくお願いいたします」

丁寧に辞儀して、徳兵衛が腰高障子を閉める。お竹の顔が一郎太の視界から消えた。

廊下に志乃と藍蔵が立っていた。一郎太は、ご苦労だった、と二人にいった。

「月野さま、神酒さま、こちらにどうぞ」

志乃の部屋の向かいに位置する部屋の腰高障子を、徳兵衛が開けた。そこは八畳間で、家財らしいものは一つもなく、がらんとしていた。座布団が二つ、置かれている。

「かたじけない」

礼をいって敷居を越え、一郎太と藍蔵は部屋に入った。

「手前は帳簿づけをしてまいります」

「夜まで大変だな」

「いえ、これも仕事でございますので」

小さく笑って徳兵衛が腰高障子を閉めた。

一郎太は、遠慮なく座布団を使わせてもらった。座布団を尻に敷くと、やはり楽だ。

こんなによい物を使わない手はない。

だが、藍蔵は座布団を後ろに引いた。

「藍蔵、せっかく座布団を出してくれているのだ。使わせてもらえ」

「しかし……」

「このようなことで、俺に遠慮せずともよい」

「さようでございますか」

うれしそうに藍蔵がいった。

「ではありがたく」

藍蔵が座布団を尻に敷いた。

「源篤どのの医療所への行き帰り、何事もなかったようだな」

一応、一郎太は藍蔵に確かめた。はっ、と真剣な面持ちで藍蔵が返してくる。

「怠りなく用心をしておりましたが、別段なにもありませなんだ」

「それは重畳（ちょうじょう）」

「やはり月野さまは、それがしどものことを案じてくださっていたのですな」

「むろん」

「月野さまは、志乃どのを行かせず、それがしと一緒に行ったほうがよかったと思われたのではありませぬか」

「藍蔵、よくわかるな。その通りだ」

「竹馬の友ですから、そのくらい当たり前でございます」

「確かに、小さな頃からの付き合いだな。して藍蔵――」

「なんでございましょう」

かしこまって藍蔵がきいてきた。

「志乃となにか話をしたか」

「せいぜい世間話くらいです……。なにせ気を緩められませぬから、あまり話はできませなんだ」

「そうか、それは残念だったな……」

「いいえ、こうして志乃どのの近くにいれば、きっといずれよいことがありましょう」

「よいことか。それはどのようなことだ」

一郎太は問うた。

「えっ。よいこととは……、もちろん口吸いとかでござる」

「口吸いか、藍蔵、ずいぶんと大胆な……」

そのとき廊下を渡ってくる足音がし、一郎太はすぐさま真顔になった。

「失礼いたします」

腰高障子が開き、盆を手にした志乃が顔を見せた。一郎太たちに茶を持ってきてくれたのだ。

部屋に入ってきた志乃が、手際よく二つの茶托を畳に置く。その上に湯飲みをのせた。

「どうぞ、お召し上がりください」

にこりとして志乃が勧めてきた。

「これはありがたい」

すぐに湯飲みの蓋を取り、一郎太は茶を味わった。さすがに槐屋の茶だけのことはあり、甘みがとても濃い。渋みはなく、苦みはすっきりとしていた。気持ちが落ち着く、優しい味である。

「ああ、うまいな」

ほっと息をついた一郎太は、志乃に笑いかけた。

「それはようございました」

志乃が微笑を漏らす。その笑顔に藍蔵が見とれていた。

そのだらしない顔をなんとかしろ、と一郎太は叱責（しっせき）したくなった。ふと、向かいの腰高障子が開いたのが音で知れた。

「終わったのか……」

一郎太がつぶやくと、志乃がさっと立ち上がった。部屋の腰高障子を開ける。

廊下に助手の若者が立っていた。

「終わりました」

志乃を見て、助手が告げた。

「ありがとうございます」

志乃が礼をいい、廊下を左側に向かっていった。徳兵衛を呼びに行ったようだ。

一郎太と藍蔵も廊下に出た。助手にお竹の容体（ようたい）をききたかったが、一郎太は我慢した。徳兵衛と一緒でなければ聞いてはならぬ、という気持ちがあった。

志乃が二間ばかり離れた部屋の前で足を止め、腰高障子を開ける。

「おとっつぁん。終わったそうよ」

徳兵衛が廊下に出てきた。こちらに歩いてくる。

「終わりましたか」

徳兵衛が助手に確かめた。

「それで、お竹ちゃんの具合はいかがですか」

助手がわずかに頬を緩めた。

「先生からお話があると思います」

そういって、助手が腰高障子を静かに横へ滑らせた。再びお竹の顔が、一郎太の目に飛び込んできた。

一郎太たちは、ぞろぞろと部屋に入った。お竹から、先ほどまでのせわしい寝息が消えていた。

部屋に薬湯らしいにおいは漂っていない。源篤は、薬湯をつくらなかったようだ。

——つまり、薬湯が効いているわけではないのだな……。

「先生、いかがでございましたか」

畳に膝を揃えて、徳兵衛が源篤にきく。一郎太はその隣に座した。

「こちらの患者だが、肺がいくぶん弱っておるな」

気難しげな顔で源篤が答えた。

「肺が……。ひどいのですか」

「いや、さほどでもない。労咳(ろうがい)のような悪い病にかかっているわけではない」

それを聞いて一郎太は安心した。徳兵衛も安堵の息をつく。

「とにかく疲れが出ているようだな。滋養のあるものを食べさせてゆっくりと体を休めれば、まだ若いし、さほど時をかけることなく本復(ほんぷく)いたそう」

「わかりました。滋養のあるものを食べてもらえばよいのですね」

さよう、と源篤がいった。

「鰻とか鶏肉、玉子を食すとよい。あと、咳を鎮めるには銀杏が効く。銀杏ご飯にすると食べやすい。生姜や里芋などは、体を温めてくれよう」

「わかりました」

徳兵衛が納得したような声を出した。

「あの、先生。滋養のある食べ物のほかに、薬をのませなければなりませんか」

「いや、その要はなかろう。薬をのませるほど、弱っておらん」

「さようですか」

源篤の言葉を聞いて、徳兵衛はほっとした顔つきである。

「この患者から疲れの素を取り払ってやる。それが最も大事なことだ」

力強い口調で源篤が断言した。

「承知いたしました」

「では、手前はこれで失礼する」

「先生、ありがとうございました」

源篤に向かって、徳兵衛が深く頭を下げる。源篤が立ち上がると、志乃がすかさず腰高障子を開けた。

源篤が部屋を出、そのあとに薬箱を持った助手が続く。

徳兵衛と志乃が源篤の見送りに出た。徳兵衛が小声で源篤に話しかけているのは、薬料についてかもしれない。

――今の医者の代も、決して安くはなかろう。本当なら俺が払わなければならぬが、徳兵衛は受け取らぬか……。

また徳兵衛に世話になってしまうことに、一郎太は申し訳なさを覚えた。

「よく眠っているようですね」

一郎太の横に座った藍蔵が、お竹をじっと見ている。お竹は、眉間に深いしわをつくって昏々(こんこん)と眠っている。

あのせわしかった寝息はどこにいったのだろう、と一郎太は思った。

――やはり腕のよい医者はちがうな……。

徳兵衛と志乃が戻ってきた。徳兵衛がお竹の枕元に座る。

「徳兵衛、お竹の薬料(やくりょう)だが――」

徳兵衛に顔を向けて一郎太はいった。

「俺が払う」

「いえ、月野さま。お気遣いには及びません」

恐縮したように徳兵衛が断ってきた。

「そういうわけにはいかぬ。俺が払わなければならぬ金だ」

「しかし、お竹ちゃんはうちの町内の子供でしたし……」

「ここに連れてきたのは俺だ。俺が薬料を払わなければならぬのだ」

一郎太が強くいうと、わかりました、と根負けしたように徳兵衛が答えた。

「では月野さま、折半《せっぱん》ということにいたしませんか。お竹ちゃんは、もともとこの町内の娘です。月野さまがお竹ちゃんをここに連れてこられました。お竹ちゃんは、もともとこの町内の娘です。月野さまと手前で薬料を折半するのが最もよい手立てだと思うのですが、いかがでしょう」

徳兵衛の提案を、一郎太は頭の中で吟味してみた。

「わかった、それでよい」

一郎太は徳兵衛にいった。本当は一郎太自身、全額を払いたかったが、これ以上我《が》を通しても仕方なかった。

――折半で折り合いをつけるというのは、よい手であろう……。

「それで徳兵衛、薬料はいくらだった」

「ちょうど二両でございます」

さすがに高いな、と一郎太は驚いた。やはり庶民は、そうそう医者にかかれない。

「済まぬが、今は持ち合わせがないゆえ、明日、持ってこよう」

「月野さま。そんなに急がずとも、いつでもけっこうでございます」

笑顔で徳兵衛がいった。

「いや、必ず明日、持ってくる」

「さようでございますか。わかりました」

「では徳兵衛、俺たちはこれで失礼する」

徳兵衛が名残惜しげな顔になる。一郎太ももっといたかったが、これ以上、長居をするわけにはいかない。

「ところで、今の源篤どのは腕がよいのであろうな」

ききたかったことを、最後に一郎太は徳兵衛にたずねた。

「ええ、源篤先生は名医といってよいかと存じます」

「名医か。近くによい医者がいて、まことによかった」

一郎太は顔をほころばせた。

「はい、おっしゃる通りでございます」

立ち上がった一郎太と藍蔵は、徳兵衛と志乃の見送りを受けて、槐屋をあとにした。

提灯をつけて、藍蔵が先導をはじめる。相変わらず底冷えのする風が吹き渡っているが、あたりの気配は平穏で、剣呑な気は漂っていなかった。

根津の家に戻ると、藍蔵が板戸についている錠に鍵を差し込んだ。がちゃり、と小気味いい音を残して、錠が開く。

家に入る前に、戸越しに一郎太は中の気配を嗅いだ。刺客が忍び込んでいるとは思えなかったが、油断はできない。三和土で雪駄を脱ぎ、一郎太はゆるゆると廊下を進んだ。

暗がりから、不意に躍りかかってくるような者はいなかった。家の中をくまなく見て回り、誰もひそんでいないのを確かめてから、一郎太は自室に入った。

行灯（あんどん）に火をつけ、腰から刀を抜き取って、敷きっぱなしの布団の上にあぐらをかく。

「月野さま――」

隣の部屋から、藍蔵が呼びかけてきた。

「なんだ」

一郎太が答えると、右側の襖（ふすま）がそろそろと開いた。藍蔵が顔をのぞかせる。

「今宵は、もうどこにもでかけないでしょうね」

「うむ、藍蔵、おまえ、俺が博打に行くとでも思ったか」

「えっ、とんでもないことです」

藍蔵が驚きの表情を見せる。

「藍蔵は行きたいのか」

「なんでそれがしが……」

首を振り振り、藍蔵があきれ顔になった。

「別に一日二日、賭場に行かずとも、死にはせぬ」

「あたりまえです」

ふう、と息をついて藍蔵がいった。

「では、今宵は行かぬということで、承知つかまつりました」

そっと襖が閉まり、藍蔵の顔が見えなくなった。一郎太は布団に寝転がった。目を閉じる。

あっという間に、眠りに引き込まれそうな心持ちである。

隣の間からいびきが聞こえてきた。なんと、と一郎太は心の底から驚いた。

——わかってはいるが、相変わらず恐ろしいまでの寝つきのよさだな……。

藍蔵を見習い、一郎太はなにも考えずに眠ろうとした。

だが、なかなかうまくいかなかった。

こういうときは、突きを何度も繰り出すのが、一郎太にとって眠りに落ちる最もよい手立てである。

頭の中で刀を構え、目の前に見えている的(まと)に向かって、刀尖を突き出すのである。

これを繰り返していると、いつしか眠っていることが多い。

実際、いつものように抜群の効き目があり、風が何度か雨戸をきしませていった頃には、一郎太は安らかな寝息を立てていた。

二

吹きすさんでいた風は、朝を迎えてやんだようだ。

三和土に立ち、心気を静めた一郎太は外の気配をうかがった。大丈夫だ、と判断して板戸を少し開ける。

明け六つを四半刻（しはんとき）ばかり過ぎ、斜めから射（さ）し込む日の光で、あたりはまばゆいばかりの明るさに満ちていた。

昨夜は凍えるような寒さだった。しかし、まだ季節は秋であり、さすがに雪が降るまでには至らなかった。

むき出しの土を目にして、よかった、と一郎太は胸をなで下ろした。幼い頃ならともかく、二十八歳ともなれば、雪が積もったからといって胸が躍るようなことはない。雪が降れば、ただ難儀なだけだ。

今朝もひどく冷え込んでいる。その寒さを物ともせず、目の前の通りはいつもと変わらずに大勢の者が行きかっていた。

納豆売りや蔬菜（そさい）売り、塩売り、蜆（しじみ）売り、魚売りが声を張り上げて行き過ぎていく。これから職場に向かう出職（でしょく）の職人らしい者も少なくない。

――江戸は働き者ばかりだな。それに比べて、俺は……。

「月野さま、どうかされましたか」

後ろから藍蔵がきいてきた。三和土で一郎太が固まったように動かなくなったのを、気にしたのだろう。

一郎太は振り返り、藍蔵に目を当てた。

「行き過ぎる者たちを見て、俺は怠け者だと思っただけだ……」

「でしたら月野さま、なにか職を見つけますか。槐屋さんが紹介してくれるかもしれませぬし、口入屋で探せるかもしれませぬ」

「いや、やはりやめておこう。とりあえず今は怠け者のままでよい。そのほうが心地よいゆえ……」

「なんといっても月野さまには、博打の才がございますからな。それが消えてなくならぬ限り、食べていくのに、なんら心配はいりませぬ」

藍蔵、と一郎太は呼んだ。

「そなた、俺に皮肉をいっておるのではあるまいな」

「滅相(めっそう)もない。それがしが月野さまに、皮肉などいったことがございますか」

「そなたは、いつも皮肉ばかりいっておるではないか」

「それは心外でございますな」

子供のように藍蔵が口を尖（とが）らせる。その顔を見て、一郎太は笑い出しそうになった。藍蔵という男は、やることがなにからなにまで滑稽なのだ。

「俺から博打の才が消えてなくなったら、そのときに先のことを考えればよかろう」

「それがようございましょう」

もう一度、振り返って一郎太は藍蔵の顔をまじまじと見た。

「藍蔵。今朝は珍しく、俺の言葉に反対はせぬのだな」

「その代わり月野さま、今宵も風呂にはまいりますぞ」

そういう魂胆があったのか、と一郎太は納得した。

「よかろう。行こう」

「月野さま、約束ですぞ」

強い口調で藍蔵が念を押してくる。

「なんだ藍蔵、たかが風呂ぐらいで大仰（おおぎょう）な」

「それをうかがい、安心いたしました。月野さまは、決して約束をたがえるお方ではございませぬゆえ……」

「なに、そこまでいうほどのものでもあるまい。俺とて、風呂が嫌いなわけではないぞ。それにしても藍蔵の風呂好きにはあきれるな。風呂など二、三日入らなくとも死ぬまいに」

「毎晩、風呂に入らずに平気だなどと、話を聞いただけで体がかゆくなってきたではありませぬか。とにかく、風呂に行こうという気になられたのは、よいことでございます。月野さまも、人並みのところがあるのですな」

「当たり前だ」

藍蔵を見やって、一郎太は断じた。

「俺はどこにでもいる男に過ぎぬ。よし、藍蔵、槐屋にまいるぞ」

あと四半刻もすれば、朝餉ができたと志乃が呼びに来るだろう。だがその前に、一郎太は槐屋に行きたかった。やはり、お竹のことが気にかかっている。

板戸を大きく開けて、一郎太は足を踏み出した。

——風こそないものの、真冬がやってきたかのようではないか。

吐く息が真っ白である。藍蔵も外に出てきて、戸を閉めた。

「うー、寒いですな」

指がかじかんでいるのか、がちゃがちゃ音をさせて、藍蔵が錠を下ろす。戸が開かないことを確かめてから、まいりましょう、と一郎太にいった。

「よし、行こう」

一郎太と藍蔵は、足早に槐屋を目指した。

槐屋までは一町ほどしかないために、一郎太の体はろくに温まらなかった。震えが出そうになるのをなんとか抑え込み、一郎太は槐屋の建物を見つめた。

――なにも妙な気配は感じぬ。

お竹を捜している者が、槐屋をどこからかうかがっているようには思えない。槐屋は目をつけられておらぬ、と一郎太は判断した。

槐屋の表戸はすでに開いており、暖簾がかかっていた。藍蔵とともに一郎太は店に近づき、ごめん、といって暖簾を払った。

細長い三和土に入ると、目の前に一段上がった店座敷が広がっていた。座敷の奥には徳兵衛がいつも座っている帳場格子があったが、そこには誰もいなかった。

三和土の隅に置いてある木箱のそばに、一人の男が立っていた。手代の参次である。

参次は木箱と大福帳を真剣な顔で見比べていたが、一郎太たちに気づき、足早に寄ってきた。腰を折り、丁寧に挨拶してくる。

「月野さま、神酒さま、おはようございます」

「おはよう。参次、今朝はまことに寒いな」

「まったくでございます。手前は寒がりですから、このような冷え込みは体にこたえます」

「俺も寒がりだ。参次、これから俺たち寒がりには、辛い季節になるな」

「はい、本当に……」

「参次、毎度済まぬが、今朝も朝餉を食べに来たのだ」

一郎太が告げると、参次がにこやかに笑ってみせた。

「お待ちいたしておりました。どうぞ、お上がりくださいませ」

参次にいわれるままに、三和土の沓脱石（くつぬぎいし）で雪駄を脱ぎ、一郎太と藍蔵は座敷に上がった。参次もその後に続く。

一郎太たちは座敷を突っ切り、参次が上げてくれた内暖簾（うちのれん）をくぐった。

「この先は、我が家も同様にわかっておる。参次、かたじけなかった」

「なんでもありません」

快活にいった参次が一礼して暖簾を下ろす。奥に続く廊下を進もうとして、一郎太は足を止めた。ちょうどそこに志乃がやってきたからだ。

「おはようございます。今お二人を呼びに行こうと思っていたところでした」

志乃が明るくいい、それだけで一郎太は気持ちが和（なご）んだ。志乃を見つめて、藍蔵がにこにこしている。

「それにしても、今朝は寒いですね」

志乃が一郎太にいった。

「本当だな。まるで真冬が来たかのようだ」

「私は寒いのはいやです。早く桜の咲く春になってほしい」

「実は、それがしも同じでござる」

一郎太の後ろから藍蔵がいった。

「えっ、神酒さまも寒がりですか」

「筋金入りの寒がりでござる」

「ああ、そうなのですか。でも私は、男の人は寒さを物ともしないほうが好きです」

「えっ、さようにござるか」

「冗談です」

ふふ、と志乃がうれしそうに笑った。

志乃の案内で一郎太たちが台所横の畳敷きの十畳間に赴(おもむ)くと、すでに朝餉は用意されていた。

――なんと、手際がよすぎるな。

一郎太たちは普段より四半刻ばかり早く来たはずなのに、志乃にはそれがあらかじめわかっていたように思える。

きっとそうなのだろう、と一郎太は思った。でなければ、こうもぴったりと時宜(じぎ)を得たように朝餉の支度ができるはずがない。

「どうぞ、お座りください」

志乃に促されて一郎太と藍蔵は端座し、目の前の膳を見た。鯵(あじ)の干物に納豆、玉子焼、梅干しにたくあんという相変わらず豪勢なものだ。

――毎朝、これほどの朝餉を食べさせてもらっているが、まことに甘えっぱなしでよいのだろうか。朝餉の代も払ったほうがよいのではないか……。

そのほうが、一郎太としても気持ちは楽だ。だが、お竹の薬料とは異なり、徳兵衛は食事代など頑として受け取らないだろう。一郎太に命を救われたことがある徳兵衛は、その礼として食事を供しているからである。

「月野さま、神酒さま。お召し上がりくださいませ」

ご飯をよそい、わかめの味噌汁を椀によそった志乃にいわれ、一郎太と藍蔵は箸を手に取った。

醬油を垂らした納豆を箸でかき回しつつ、一郎太は志乃にたずねた。

「お竹はどうしている」

櫃の蓋の上にしゃもじをそっと置いて、志乃が一郎太を見る。

「お竹ちゃん、まだ眠っているんですよ」

「ああ、そうなのか」

「昨晩、私は一緒の部屋で眠ったのですが、お竹ちゃん、あれから一度も目を覚ましていないんです。よほど疲れているんでしょうね」

「これまで散々ひどい目に遭ってきたのだろう。安眠できる日など、ほとんどなかったのではないか。その分を、いま取り戻しておるにちがいない」

「はい、月野さまがおっしゃる通りだと思います……」

同情をたたえた顔で、志乃がいった。まるで、そこにお竹が横たわっているかのような瞳をしている。

「とにかく志乃、俺たちはお竹をいたわってやらねばならぬ」

「よくわかっています」

一郎太を見て志乃が深いうなずきを見せた。

「ところで、徳兵衛の姿が見えぬが、もう朝餉は終えたのか」

「おとっつぁんは、朝はほとんど食べません。明け六つには店に出て、仕事をしています」

——ああ、そういえば、朝はあまり食欲がないと徳兵衛はいっていたな……。

「明け六つから仕事に励んでいるとは、相変わらず徳兵衛は働き者だな」

槐屋ほどの大店のあるじなら番頭や手代に店を任せ、茶の湯や骨董、盆栽に精を出したり、町内の世話をやいたりしても、誰も文句はいわないはずだ。

しかし、徳兵衛はいつも熱心に槐屋の奉公人の如く働いている。

——あるじたる者、奉公人の手本とならなければならぬ、と肝に銘じているのではあろうが、なかなか大したものだ……。

徳兵衛はすごい男だとしかいいようがない。

——俺には決して真似ができぬ。俺はやはり、のたりとしているほうが性に合っているゆえ……。

その後、一郎太は箸を動かすことに専心し、美味としかいいようがない朝餉を終えた。正直、ずっと食べ続けていたかった。食べ終えるのが惜しすぎるほどの朝餉である。

「志乃、お竹の顔を見ても構わぬか」

志乃が淹れてくれた茶を飲み干して、一郎太はきいた。

「もちろんです。そのために、早くいらしたのではありませんか」

——やはり志乃はわかっておったか。

頭の巡りのよい娘だ、と一郎太は感心した。

志乃の先導で一郎太と藍蔵は、志乃の部屋に行った。志乃が、腰高障子をそっと横に滑らせる。

敷居際に立ち、一郎太は部屋の中を見た。藍蔵が一郎太の後ろから、のぞき込む。

布団に横たわり、お竹は眠っていた。すやすやと穏やかな寝息を立てている。それが、一郎太の耳に静かに届いた。

——昨晩よりも、さらに呼吸が安らかになっておるな……。

肌も二十歳すぎの娘にふさわしい若々しさを取り戻しつつあるようだ。この分なら、と一郎太は思った。

――源篤どのがいっていた通り、本復するのにさしたる時はかかるまい。

ほっとして一郎太は志乃を見た。

「かたじけなかった」

一郎太は軽く頭を下げた。

「もうよろしいですか」

志乃にきかれ、うむ、と一郎太は答えた。志乃が腰高障子を静かに閉める。

「お竹どのの具合は、だいぶいいようですな」

うれしそうに藍蔵が、一郎太と志乃にささやきかけてきた。

「このまま快方に向かってくれたら、これ以上のことはない」

とにかく、一郎太には安堵の思いしかない。やはり人助けというのは気分のよいものだ。

「きっとよくなりましょう」

力強く藍蔵が告げた。

「私も神酒さまと同じ思いです」

一郎太と藍蔵を見やって、志乃がにこやかに笑う。

「志乃、これからもお竹のことで世話をかけることになるが、よろしく頼む」

「はい、よくわかっています」

一郎太を見て志乃が胸を叩いた。

「では志乃、俺たちは徳兵衛に挨拶してから、家に戻る。徳兵衛はどこにいるかな」

一郎太にきかれて、志乃が首をかしげた。

「表にいると思うのですが……」

「わかった。志乃、今日も朝餉は実にうまかった。心からありがたく思う」

一郎太は感謝の思いを伝えた。

「いえ、お粗末さまでした」

「では、これで失礼する」

志乃の見送りを受けて廊下を歩き、一郎太と藍蔵は槐屋の店表に向かった。

先ほどは誰もいなかった帳場格子に徳兵衛が座し、帳簿を真剣な顔で見ていた。

その鋭い眼差しは、本当の商人とはこういうものだ、という思いを一郎太に植えつけるに十分すぎるものだった。

――やはり徳兵衛は本物の商人だな。

広々とした店座敷に足を踏み入れた一郎太は足早に徳兵衛に近づき、声をかけた。

「徳兵衛、仕事中に済まぬ」

その声に、徳兵衛が面を上げた。一郎太と藍蔵を見て、微笑する。

「おはようございます」

元気のよい声で挨拶し、徳兵衛がすっくと立ち上がる。散歩が特に好きだというだけあって、徳兵衛の足腰はしっかりしている。

できるだけ張りのある声を出すように心がけて、一郎太も挨拶を返した。

帳場格子を回って、徳兵衛が座敷に出てくる。

「月野さま、神酒さま。朝餉はもう済ませられましたか」

「ああ、先ほど済ませた。今朝も実にうまかった」

「それはようございました」

一郎太と藍蔵を見て、徳兵衛がにこにこと笑んだ。

「徳兵衛、志乃にもいったのだが、この先もしばらく、お竹の面倒を見てもらえぬか。この後、お竹がどうするつもりでいるのか、俺にはわからぬのだが……」

「お竹ちゃんが本復し、気持ちを決めるまで、手前が責任を持って、預からせていただきますよ」

胸を張って徳兵衛が答えた。

「かたじけない」

一郎太の頭は、自然に下がっていた。藍蔵も一郎太と同じ仕草をする。

徳兵衛、と一郎太は面を上げて呼びかけた。

「お竹に女郎屋からの追っ手がかかっているのは、まちがいない。いつか嗅ぎつけて、この店に来るかもしれぬ」

「ええ、きっと来るでしょうね」

戦国の頃の名将のように腹が据わっているらしく、徳兵衛は平然とした物腰を崩さない。

もし女郎屋の者が槐屋にあらわれたら、と一郎太は考えた。

――そのときは、お竹を引き渡さぬと罪に問われるのだろうか。

罪になるのではないか、と一郎太は思った。お竹はさらわれたりして、女郎屋で働きはじめたわけではない。正式な手順を踏んで、女郎屋の女になったはずだからだ。

もし罪になるのなら、と一郎太は考えを進めた。お竹を匿う(かくま)ことで徳兵衛たちに迷惑がかかってしまうのではないか。

――それはまずいな。徳兵衛たちを罪人にするわけにはいかぬぞ。

「月野さま、どうか、ご安心ください」

心を読むかのように徳兵衛が一郎太をじっと見て、口を開いた。

「誰が来ようとも、お竹ちゃんを引き渡すような真似は決していたしません。その思いは、手前どもがどのような罪に問われようと、変わりません。お竹ちゃんが再び地獄に足を踏み入れるとわかっていて、引き渡すわけにはまいりませんから」

徳兵衛の顔には、固い決意の色が刻まれている。どのようなことがあろうと、揺らがぬ杭が心に深く打ち込まれているのだ。

やはり、と目の前に立つ男を見つめて一郎太は思った。

――徳兵衛は信用に値する。

この男の下で働ける者は、本当に幸運としかいいようがない。

ならば、と一郎太はすぐに意を決した。

――俺が、なすべきことは一つしかない。お竹の身請けの金を稼ぐ。それだけだ。

「昨日も申し上げましたが――」

軽く息をつき、徳兵衛が語りはじめる。

「お竹ちゃんがこの町からいなくなったとき、手前は力を尽くして捜しました。しかし残念ながら、お竹ちゃんは見つかりませんでした。見つけ出せず、手前には忸怩たる思いがございました。そのときの借りを返すというわけではありませんが、今はお竹ちゃんの世話をできるだけしてやれればと願っております」

徳兵衛の真摯な気持ちが伝わってきて、一郎太は深くこうべを垂れた。

「かたじけない」

「なんと、もったいない。月野さま、どうか、お顔をお上げください」

だが、一郎太はしばらく頭を下げたままでいた。

「ああ、そうだ。これを渡しておこう」

懐を探り、一郎太は財布を取り出した。中から一枚の小判をつまみ出す。

「昨日のお竹の薬料だ」

一郎太は、お竹のような身の上の者のために、百両という目標を立てて金を貯めはじめている。この一両は、そこから出したものだ。

「ああ、これはまた、ずいぶん急いで持ってこられましたね」

「こういうのは早く済ませておかぬと、どうも落ち着かぬのだ」

「そのお気持ちはよくわかります。手前も同じ性分ですから」

「徳兵衛、受け取ってくれ」

一郎太が小判を差し出すと、辞儀して徳兵衛がうやうやしく手にした。

「確かにいただきました」

小判を手にして、徳兵衛が一郎太を拝むようにした。

「徳兵衛、これで昨夜の薬料は払ったが、新たにお竹が医者にかかり、薬料が生ずるようなことがあれば、またいってくれ」

「承知いたしました」

「徳兵衛、これ以上、そなたの仕事の邪魔はできぬ。俺たちはこれで失礼する」

「月野さま、お気遣い、ありがとうございます。どうか、お気をつけてお帰りくださ
い」
その言葉に、一郎太は少し引っかかった。根津の家まで、ほんの一町でしかない。
徳兵衛自身、当たり前の言葉を口にしただけなのかもしれない。
いや、と一郎太は思った。
――俺が何者かに狙われているのを、徳兵衛は知っているのではないか。
きっとそうであろう、と一郎太は考えた。
一郎太が訳ありの身であるのもわかっているはずだし、それゆえ、命を狙われる身
であるのも、見当がついているのではないか。
「うむ、そなたのいう通り、気をつけて帰ることにいたす。ああ、見送りなどせずと
もよい。そなたは仕事に戻ってくれ」
徳兵衛にいって、一郎太は沓脱石の雪駄を履いた。徳兵衛が帳場格子に向かって歩
いていく。
一郎太は暖簾の前で足を止め、外に剣呑な気が漂っていないか、確かめた。
――考えてみれば、常にこのような真似をしているのだ。徳兵衛ほどの者が気づか
ぬはずがない。
さらに外の気配をうかがった一郎太は、大丈夫だな、と判断し、暖簾を外に払った。

通りに出て、歩きはじめる。すぐさま後ろに藍蔵が続く。

――ふむ、少しは寒気も緩んできているようだ……。

そのことが一郎太はうれしかった。先ほど志乃もいっていたが、寒いより暖かいほうがずっとよいのだ。

体も伸びやかになって、楽である。寒いとどうしても、きゅっと縮こまってしまう。そのせいで肩も凝る。

藍蔵とともに、一郎太は油断することなく一町の道を歩いた。

三

何事もなく一郎太は根津の家に戻ってきた。外に目を投げてから戸を閉めた藍蔵が、心張り棒をしっかりと支う。

今日これからなにをするか、今のところ一郎太は決めていない。

「月野さま、今からどうされますか」

「とりあえず、厠に行ってまいる」

「わかりました」

「そのあとは、自室で書見をしようと思う」

「承知いたしました」

藍蔵と別れて厠に行き、用を足した一郎太は自室に入った。文机の前に静かに座す。

机の上に、一冊の書物が置いてある。徳兵衛から借りてきた『大学』だ。

——これを読むとするか……。

いま一郎太は、羽摺りの者に命を狙われている身である。下手な動きをしないほうがよいに決まっている。

羽摺りの者は、すでにこの家も知っているはずだ。となれば、と一郎太は思った。

——いきなり襲撃してきても、おかしくはない……。

その点でいえば、お竹を槐屋に預けたのは正しかったのではないか。

——今日は身を慎み、おとなしくしているのがよかろうな。無念ではあるが、賭場にも行かぬのがよい。

いくら江戸の賭場八十八か所巡りを企てたとはいえ、毎日毎日、賭場に行くわけにはいかない。

——いや、そうでもないか……。俺はお竹の身請けの代を稼がなければならぬ。

今日は薬料として、貯めた中から一両、使ってしまった。目当てとしている百両を貯めるには、毎日、賭場に通うほうがよいのではないか。そのほうが早く貯まるのは、まちがいない。

――やはり、今日も賭場に行くか。

だが、賭場で熱中しているところを羽摺り四天王に襲われたくはない。

いや、と一郎太は心中でかぶりを振った。

――羽摺り四天王は、どうせいつか襲ってくるのだ。自らが囮となり、やつらを誘い出すほうがよくはないか……。

もし三人いっぺんにかかってこられたら、どうなるか。誘ったつもりが、逆の目が出るかもしれない。

どうすべきなのか、一郎太は迷った。

「ところで月野さま――」

不意に、隣の部屋から襖越しに藍蔵が声を発した。

「今日は、ずっと書見をして一日を過ごされるのですか」

「まあ、そのつもりだ。藍蔵はなにかしたいのか」

襖が開き、藍蔵が顔を見せた。

「それがしは、我が父に命じられた通り、月野さまに張りついているだけです。それ以外、なにもありませぬ」

「俺のせいで、藍蔵はしたいようにできぬな。まことに済まぬ」

「いえ、謝られるほどのものではありませぬ」

藍蔵があわてていった。

「月野さま。今日は、賭場に出かけられぬのですか」

なに、と思って一郎太は腰を浮かせ、藍蔵をまじまじと見た。

「藍蔵、行ってもよいのか」

「月野さま。それがしに、許しを求めるのでございますか」

「羽摺り四天王の一人、白虎は途轍もなく強かった。俺は四天王のうち、まだ一人を倒したに過ぎぬ。三人も残っているゆえ、今日はおとなしくしようと思っていたのだ。だが藍蔵が許しをくれるのなら、出かけてもよい」

そういうことでございますか、と納得したような声を藍蔵が出した。

「家でおとなしくしているというのは、まことによい考えでございます。月野さま、おっしゃる通り、今日のところは、他出は控えておきましょう」

安堵の色を隠さずに藍蔵がいった。そうしようか、と一郎太が同意しかけたとき、外から女の呼ぶ声が聞こえてきた。

「あれは――」

一郎太は耳を澄ませた。聞き覚えのある声である。

「お艶ではないか」

「どうやらそのようですな」

渋い顔で藍蔵が応じた。

「お艶はこの家を知っていたかな。とにかく出てみよう。なにか用事があって来たのであろうからな」

立ち上がった一郎太は刀を腰に差して、部屋を出た。

「どうせ、ろくでもない用事に決まっておりましょうな……」

襖を閉めながら、藍蔵がぶつぶつ文句をいったのが一郎太の耳に届いた。

戸口の三和土に下りた一郎太は一応、戸越しに、誰何した。

「あたしです。艶です」

まさか羽摺りの者が、声色をつくっているわけではあるまい。まちがいなくお艶だと、一郎太は確信した。

「お艶、一人か」

「そうですよ。月野の旦那、早く開けてくださいな」

わかった、といって一郎太は心張り棒を外し、戸を横に滑らせた。

敷居際にお艶が立っていた。相変わらず妖艶で、全身から色気があふれ出ている。

息がしづらいような思いを、一郎太は味わった。

「どうした、お艶。なにかあったのか」

背筋を伸ばしてしゃんとし、一郎太はたずねた。

「月野の旦那。今から博打に行きましょう」

弾んだ声を上げて、お艶が一郎太を誘ってきた。

「お艶どの、今は無理ですぞ」

横から顔を出した藍蔵がお艶に告げた。

「えっ、なぜですか」

抗議するようにお艶が藍蔵にきく。

「いろいろと月野さまは、お忙しいのでござるよ。賭場になど行っている暇はない」

「えっ、そうなんですか……」

いかにも残念そうにお艶が首を振る。

「せっかく安藤坂（あんどうざか）に、とびきり繁盛している賭場があるのに……」

なに、と一郎太は目をみはった。

「とびきり繁盛しているというと、いったいどのような賭場なのだ」

心を引かれた一郎太は、間髪を容れずにきいた。藍蔵が苦い顔をする。

「その賭場は、少なくとも十両ないと、入れてもらえないんですよ」

「十両だと。まことか」

確かに、どこにでもあるような賭場ではないようだ。十両とは、にわかには信じられない額である。

「だとすると、その賭場は大勝ちしても、大丈夫なのか」

ええ、とお艶がほっそりとした首を縦に動かした。

「もし月野さまが二十両、三十両と稼いでも、胴元は文句をつけないでしょうね」

そんな言葉をお艶に聞かされて、一郎太はうめき声を上げそうになった。

「そいつは豪気な話だ……」

たいていの賭場は、どんなに稼いでも五両がいいところだろう。胴元が差しで勝負をしてくれれば、大儲けできるかもしれないが、そのような勝負を受けてくれる賭場など、あるはずがない。

仮にあったとしても、大勝した一郎太を胴元が黙って帰すわけがない。

どんな相手が襲いかかってきても負けはせぬとの自信はあるが、できれば賭場でいざこざは避けたい。一郎太としては、気持ちよく帰路につきたいのである。

――もし一度に三十両も稼げるとしたら、お竹の身請けは、ずっと早くうつつのものになろう……。

その手応えを手中につかんだような気になり、一郎太はぎゅっと拳を握り締めた。

博打は好きだが、賽の目が読める以上、賭場に行って一郎太がはらはらすることは一切ない。それなのにわざわざ賭場に足を運ぶのは、体を焦がすような熱気に包まれるのが大好きだからだ。

「お艶、その賭場の話はまことなのか。それだけ稼いでも大丈夫なのか」

「あたしは嘘などつきゃしませんよ。一日に二百両は胴元に入るといわれる賭場ですからね。客の筋もすごくいいんですよ」

「確かに、金持ちしか来られぬだろうからな。そんなに素晴らしい賭場が、いったい安藤坂のどこにあるのだ」

一郎太はきかずにおれなかった。

「月野さま――」

あわてたように藍蔵が呼びかけてくる。

「まさか、今からその賭場に行こうとおっしゃるのではないでしょうね」

「そのまさかだ。藍蔵、なにかまずいことでもあるのか」

「あるに決まっております」

藍蔵が大きな声でいった。その弾みで唾がしぶきとなって飛んできたが、一郎太は難なくかわした。

「月野さまは、お命を狙われております。それにもかかわらず賭場に行くなど、正気の沙汰ではありませぬ」

――こやつ、口を滑らせおった。

藍蔵をにらみつけて、一郎太は舌打ちしたい気分だった。

「えっ、命を……」

一郎太を見つめて、お艶が息をのむ。

「いろいろあってな……」

うつむき加減になって、一郎太は言葉を濁した。ここで、真実をお艶に話すわけにいかない。

「お艶、とにかく、その賭場にまいろうではないか」

気を取り直して一郎太は申し出た。

「月野さま、まことに行かれるのですか」

憤然とした口調で藍蔵がきいてきた。

「こんなときに賭場に行かれるなど、いったいどういうおつもりなんですか。もし襲われたら、どうするのですか」

——またお決まりの、どうするのですか、か。藍蔵の口癖にも困ったものだ……。

「藍蔵、前にもいったが、俺は江戸の賭場八十八か所巡りをしなければならぬ。こたびの賭場は、第三札所ということになろう」

「賭場の札所巡りなどしたところで、御利益（ごりやく）などありはしませぬ」

きっぱりと藍蔵がいった。

「御利益は必ずある」

断言して一郎太は藍蔵をじっと見た。

「月野さま、なにゆえそういいきれるのでございますか」

「お艶がこうしてこの家に来たのがその証だ」

「えっ、どういうことでございましょう」

不思議そうに藍蔵が問うてきた。お艶も首をかしげている。

「お艶がこの家に来たそのこと自体、俺の人生になんらかの意味を持っているはずなのだ。つまり、その賭場に行けば、きっとなにかよいことがあるに決まっておる。それゆえ、お艶が今日、目の前にあらわれたのだ」

「はて、まことにそうなのでしょうか」

疑問を呈して藍蔵が首をひねる。

「賭場に行かんがための、お得意の屁理屈では、ありませぬか。月野さまは、ただ博打がしたいだけではありませぬか」

「博打はしたいに決まっておろう。それに、そんなに繁盛している賭場なら、一目見てみたいではないか」

ほかに例がないような盛り方をしている賭場なら、見ておくだけでも損はないのではないか。

――いずれ政に活かせるかもしれぬ。

そんなことを一郎太は考えた。

――いや、俺は北山に戻りはせぬ。それはあり得ぬか……。

「それで、藍蔵は一緒に来るのか、それとも来ぬのか」

藍蔵を見据えて、一郎太は質した。

「行くに決まっております」

こめかみに青筋を立てるような勢いで、藍蔵がいい返してきた。

「月野さまを一人で行かせるわけには、まいりませぬ」

「ならば、まいるぞ」

「あの、月野さま」

おずおずとお艶が呼びかけてきた。

「一応、おたずねしますが、十両はお持ちですね」

「ああ、そうだった」

首をひねりつつ一郎太は懐を探った。財布を取り出し、中を見る。

これまでに賭場で貯めた七両があった。いや、今日、一両減って六両になった。これでは足りぬ、と一郎太は唇を噛(か)んだ。

「藍蔵、四両、持っておらぬか」

顔を上げて一郎太はたずねた。

「ありませぬ」

勝ち誇ったように藍蔵が答えた。

「先立つ物がないのでは、月野さま、賭場には行けませぬな」

うむう、とうなるようにいって一郎太は藍蔵を見やった。

「藍蔵、そなた、本当はそのくらい持ち合わせがあるのではないか」

「それがしが、そのような大金を、持っているはずがございませぬ……」

急に藍蔵がうろたえた。

「嘘だな」

決めつけた一郎太は、藍蔵の懐に素早く手を伸ばした。

「な、なにをするのです」

藍蔵があわてて下がったときには、一郎太の手には巾着(きんちゃく)が握られていた。

「あっ」

大声を発し、藍蔵が驚きの顔になる。

「返してください」

叫ぶようにいって、藍蔵が取り戻そうとする。伸びてきた藍蔵の手を、一郎太は軽く払った。

「痛い」

手を打たれて藍蔵が悲鳴を上げた。

「大袈裟だな」

どれどれ、といって一郎太は巾着の中をあらためた。

「月野さま、いったいなんという手癖の悪さですか。まったく嘆かわしい……」

その言葉に耳を貸さず、一郎太は中の小判をつまみ上げた。小判は五枚もあった。

「こんなに持っておるではないか」

「月野さま。それは、重二郎さまから預かったお金でございますぞ。それがしが困ったときのために使うのだとおっしゃって……」

やはりそうであったか、と一郎太は思った。

「藍蔵、重二郎からいくら預かったんだったかな」

「五両でございます」

「では、手つかずか」

「当然でございます。なにかの時のために大事に取っておいたのです。江戸までの道中は、それがしが、なんとかやり繰りしました……」

「藍蔵、とても大事な金であるのはわかったが、この五両、俺に貸してくれぬか」

「いやでございます」

一郎太をじっと見て、藍蔵がきっぱりと拒絶した。

「そなたがいやだといっても、俺は貸してもらう」

　宣するようにいって、一郎太は五両をしまい込んだ巾着を自らの懐に入れた。

「月野さま。なにをするのですか。それでは、盗っ人も同然ではありませぬか」

「藍蔵、町奉行所に訴えてもよいぞ」

　むう、と藍蔵が悔しげな声を上げた。

「月野さまがいくら悪辣な真似をしたからといって、そのようなことができるわけがございませぬ」

　それはそうだろうな、と一郎太は考えた。

「藍蔵、必ず返すゆえこの五両、俺に貸しておくのだ」

　ふう、と藍蔵が盛大に吐息を漏らした。

「仕方ありますまい」

　不承不承、藍蔵がうなずいた。

「よし、お艶、金はできたぞ。まいろうではないか」

「わかりました」

　にっこり笑んでお艶が点頭した。

　連れ立って一郎太たちは、根津の家をあとにした。

　――むっ。

家から二間ほど離れたそのとき、一郎太は何者かの目を感じ取った。

──羽摺りの者か。四天王か。

だが、すぐに目は消えた。やはりこの家は知られていたか、と一郎太は思った。

──どこから見ていたのか。

通りの向かい側に並んで建つ家々の屋根に、さりげなく目をやってみたが、それらしい人影は見えなかった。

当たり前だな、と一郎太は思った。

──手練の忍びに見られていたらしいとわかっただけでも、ほとんどあり得ぬことだ。

つけてくる気か、と歩を運びつつ一郎太は思案した。きっとそうなのだろう。

──よい機会だ。

羽摺り四天王とやり合う覚悟は、すでにできている。

今は朝の五つ過ぎという刻限であろう。いきなりこんなに明るいうちに襲いかかってはこまい。

──決して気を緩めぬのが肝心だ。

一郎太は自らにかたく言い聞かせた。

「藍蔵、槐屋に寄っていくぞ」

前を行く藍蔵に一郎太はいった。藍蔵が振り返る。

「なにゆえですか」

「今日の夕餉を断るのだ」

「ああ、そうですね」

一郎太たちは、槐屋の前で立ち止まった。

「藍蔵、お艶、ここで少し待っていてくれ」

微風に揺れる暖簾を払って、一郎太は槐屋の中に入った。また手代の参次が三和土にいた。一郎太は参次に頼み、志乃を呼んでもらった。

下駄（げた）を履いた志乃が、通路を抜けて三和土にやってきた。一郎太を見て、明るい笑顔になる。

「月野さま、いらっしゃいませ」

「うむ、ちと用事があって寄らせてもらった」

「用事ですか」

「志乃、申し訳ないが、今日の夕餉はいらぬ。外で食べてくるゆえ」

「あっ、はい、さようですか。わかりました」

少し寂しそうに志乃が答えた。

「お出かけですか」

「安藤坂のほうへ行ってくる」

「安藤坂ですか」

「仕事のようなものだ」

賭場に行くとは、志乃にはいえなかった。

「神酒さまはご一緒ですか」

「もちろんだ」

「明日の朝餉は、うちで召し上がりますか」

「そのつもりだ。ところで志乃、書く物を貸してくれぬか。筆と紙がほしいのだ」

「はい、わかりました」

いったん志乃が奥に引っ込んだ。すぐに紙と矢立(やたて)を持って戻ってきた。

「お待たせしました」

紙を受け取り、一郎太は店座敷に広げた。矢立から筆を取り、墨をたっぷり染み込ませ、すらすらと短い文面を書いた。これでよし、と心でつぶやいた。墨が乾くのを待って、折りたたむ。志乃、と一郎太は呼んだ。

「手間をかけさせてまことに申し訳ないが、これを天栄寺(てんえいじ)の境内にある大楠(おおくす)の洞(ほら)に、置いてきてほしいのだ」

「天栄寺ですか……」

「知らぬか。御成街道沿いにある寺だが」

「ああ、わかりました。地久山天栄寺ですね」

そうだ、と一郎太はうなずいた。

「報賢和尚が、ご住職をつとめていらっしゃる。ついこのあいだ、徳兵衛の紹介で供養塔の相談に行った寺だ」

「わかりました。この文を、天栄寺の大楠の洞に置いてくればよいのですね」

「そうだ」

「では、今から行ってきます」

「志乃、裏口から出ていってくれぬか」

「は、はい。わかりました」

「いろいろと面倒をかけて済まぬ。この埋め合わせは必ずするゆえ……」

「いえ、そのようなことをおっしゃらずとも、大丈夫です」

「そうか。かたじけない。では志乃、よろしく頼む」

「お気をつけて行ってください」

「志乃もな」

志乃にいって一郎太は足を踏み出し、暖簾を外に払った。

「志乃どのに会えましたか」

いきなり藍蔵がきいてきた。

「ああ、いた」

「夕餉の断りを入れるためだけにしては、ずいぶん長かったですね」

「それだが——」

一郎太は藍蔵にささやきかけた。

「なんですと」

いきなり藍蔵が頓狂な声を上げた。その声があまりに大きく、一郎太は耳が痛くなった。

「羽摺りの者が……」

藍蔵があたりを見回そうとする。

「藍蔵、きょろきょろするな」

すぐさま一郎太は制した。一郎太が気づいたのを、羽摺りの者に知られたくない。

「それで、志乃どのに天栄寺に走ってもらったのですか」

「そうだ」

そうしておけば、藍蔵の父の前江戸家老、神酒五十八の家臣の遣い手である興梠弥佑に、羽摺りの者が一郎太のそばにあらわれたことが伝わるはずなのだ。いざというとき、必ず弥佑が駆けつけてくれるだろう。

「志乃どのは大丈夫ですかな。危害を加えられはしませぬか……」

「それはないと思うが……。藍蔵がそこまで心配するなら、二度と志乃には頼まぬ」

志乃を巻き込むなど、と一郎太は思った。

――考えなしだったな。俺は馬鹿だ。

「わかりました」

藍蔵が力なくいった。案じる目でこちらを見ているお艶に、一郎太はうなずきかけた。

「さあ、まいろう」

ええ、とお艶がうなずいた。三人は足早に歩き出した。

四

恐ろしいまでの強さだった。

青龍(せいりゅう)は、王子の不動の滝で白虎が百目鬼一郎太に殺される瞬間を目の当たりにした。滝の上から、二人の対決を見下ろしていたのである。

白虎が一郎太に倒されたとき、やつは俺が殺す、と決意したものの、正直、元大名とは思えない強さに戦慄した。

――元大名だというのに、やつはどこであれだけの技と強さを身につけたのか。

棒を構えた白虎が突っ込もうとした瞬間、目にもとまらぬ突きが一郎太の手から放たれたのである。

白虎が突進をはじめたら、誰にも止めようがないのだ。そのはずだったのに、白虎の足はたった二歩、踏み出したところで止まったのである。一郎太の刀が、ものの見事に白虎の喉を貫いていた。

それを目にしたとき、信じられぬ、と青龍は思った。見てはならぬものを見た気分になった。

白虎など仲が悪く、青龍にとってどうでもよい男ではあったが、羽摺り四天王のうちの一人が倒されたというのは、途方もない意味を持つことになるのだ。

百目鬼一郎太があれだけの腕の持ち主なら、下手をすれば、二人、三人と続けざまに四天王が殺られるかもしれないからである。

――四天王が続けざまに殺られるなど、あってはならぬ。決して我らは倒されるわけにはいかぬ。必ずやつは俺が仕留めてみせる。

固い決意を心に彫りつけて、青龍は改めて百目鬼一郎太が住んでいる家に目をやった。

今朝の五つ前から見張っているが、今のところなんの動きもない。

家の前の道は、江戸らしく大勢の者が行きかっている。その中で一郎太の家を訪ねる者など、一人もいない。一郎太も他出の気配を見せない。

「おや――」

青龍の目が、一人の若い女を捉えた。女が一郎太の家の前で足を止めたのだ。

「あれは誰だ」

青龍は、隣で腹這(はらば)っている朱雀(すざく)にささやきかけた。

「わからぬ」

朱雀からは素(そ)っ気(け)ない答えが返ってきた。

若い女が一郎太の家の戸口に寄った。女は、一郎太を呼んだようだ。

こちらからは背中しか見えないが、女はどう見ても堅気(かたぎ)には思えない。なまめかしい色気を放っているのが、半町ほど隔てていても、はっきりとわかる。

――何者だろう。あれだけ艶っぽい女だ。女郎の類(たぐい)か……。

一郎太が、女郎を気晴らしにでも呼んだのか。だが、一郎太は奥方の静にしか心を許しておらず、国元に側室すら置いていないと聞いている。

しかも、一郎太はいま命を狙われていることを熟知しているはずだ。女郎を呼ぶだけの余裕があるとは、とても思えない。

――ならば、あの女は何者だ。

青龍がじっと見ているうちに、家の中で人の気配が動いたのが知れた。

一郎太が三和土に立ち、誰が来たか誰何しているようだ。

──ふん、用心深いことだ。

一郎太に眼差しを覚られないように、青龍は顔をそむけた。朱雀も同じ動きをする。

青龍は、視界の中に一郎太の家が入るようにした。

戸を開けて、一郎太が顔をのぞかせた。

「出てきたぞ」

青龍は朱雀に小声でいった。

「見えておる」

朱雀はどこか苛立ったように見えた。なにを怒っておるのだ、と青龍は思った。もっとも朱雀はいつも不機嫌である。

一郎太は、若い女と敷居を挟んでなにやら話をはじめた。一郎太の後ろに藍蔵がいるのが見えた。

──やつらは、なにを話しているのだろう。

「賭場の話をしているな」

不意に朱雀がいったから、青龍は驚いた。二人の声が聞こえるのか、と問おうとして青龍はとどまった。いくら忍びの耳が獣並みの力を持つといっても、ここから一郎太たちの会話が聞こえるはずがない。

「おぬし、唇が読めるのか」

　朱雀とは同じ四天王として長く交じわってきたが、初耳である。

「まあな」

　となると、と青龍は思った。あの女は賭場に関係ある者なのか。

　――女の壺振り師がいると聞くが、その類なのか……。あんなに色っぽい壺振り師がいるものなのか。

　ふむ、と朱雀が声を漏らした。

「どうやら安藤坂にある賭場に行くようだ」

「安藤坂だな。ならば、朱雀、その賭場に先回りするか」

「それがよかろう」

　いま青龍と朱雀は、商家の二階屋根に腹這っている。油を扱っているこの商家は、一郎太が暮らす家の斜向かいに建っていた。

　一郎太の家の真向かいには小間物屋があるが、屋根があまりに低い。しかも、一郎太の家とは、五間ほどしか離れていない。

　そこから一郎太の家を見張るのでは、いくら青龍と朱雀といえども、一郎太に覚られるのではないかという恐れがあった。

腰に刀を差して一郎太が外に出てきた。藍蔵がそのあとに続き、戸の錠を下ろした。それを見た一郎太が女に声をかけた。女が一郎太たちを先導するように歩き出す。一瞬、やつを見過ぎたか、という思いが青龍の脳裏をよぎった。

「よし、下りるぞ」

青龍は朱雀にいった。

「ああ」

素っ気なく答えるやいなや、細身の朱雀がさっと動いた。あっという間に、青龍の視界から消えていく。

なんという素早さなのか。久しぶりに朱雀の身ごなしを目の当たりにして、青龍は瞠目するしかなかった。

――俺も身ごなしには自信があるが、朱雀には及ばぬ。まるで翼があるかのように、ひらりと下りおった。

さすがに、朱雀という異名を取るだけのことはある。

ちらりと一郎太を見た。眼差しに気づいた様子は感じられない。大丈夫だったか、と思いながら青龍も路地に降り立った。その路地に人けはなく、青龍に気づいた者はいない。

朱雀はどこに行った、と青龍は姿を捜した。すぐに見つかった。すでに通りに出ていた。二十間ほどを隔てて、一郎太たちのあとをつけている。

通りを少しだけ駆けて、青龍は朱雀に肩を並べた。

「用心深く行くぞ」

足早に歩きつつ、青龍は朱雀に語った。

「やつに気づかれるわけにはいかぬからな」

「わかっておる」

うるさそうに朱雀が答える。

——まったく気短なやつめ。

横目でにらみつけて、青龍は思った。

——その短気こそが、命取りになるかもしれぬのだぞ。実際、白虎がそうだったではないか。

しかし、青龍はなにもいわず、無言で一郎太たちのあとを追い続けた。

一町ほどで一郎太が足を止めた。藍蔵と女を路上に残し、一軒の大店に入っていく。

あの大店が槐屋という商家であるのを、青龍は知っている。

槐屋は、一郎太たちが食事などで世話になっている商家なのだ。そのことは、むろんとうに調べがついている。

一郎太は、なかなか出てこなかった。いったい槐屋にどんな用があるのか。青龍には知りようがなかった。

気になったものの、今はただ待つしかない。青龍と朱雀は細い路地に入り、槐屋を眺め続けた。

やがて一郎太が外に出てきた。なにやら藍蔵と話している。三人が再び歩きはじめた。

「なにを話したか、わかったか」

青龍はすぐさま朱雀に質した。

「見えなかった」

奥歯を嚙み締めたような顔で、朱雀が悔しげに答えた。

途中、一郎太たちが神田川（かんだがわ）の河岸に出た。そこから猪牙舟（ちょきぶね）に乗った。女と船頭が親しげに話しているのが見えた。

「舟で安藤坂まで行くつもりか」

一郎太たちが乗った舟を、青龍たちは半町ばかり隔てて見送った。

「どうやらそのようだ」

「だが安藤坂に着くのは、俺たちのほうがずっと早いな」

「その通りだ」

「朱雀、行くか」

うむ、と朱雀がうなずいた。青龍と朱雀は再び駆けはじめた。

「やつらが目指しているのは安藤坂の賭場とのことだったが、どこで賭場が開かれているか、わかったのか」

走りながら青龍は朱雀にたずねた。

「いや、わからぬ」

青龍をじろりと見て朱雀が首を横に振った。

「先回りして、安藤坂近辺を聞き込めば、すぐに知れよう」

もっともだな、と青龍は思った。それからは無言で、ひたすら道を走り続けた。

第二章

一

江戸で生まれ、江戸で育った。

だからといって、江戸の地理に明るいとはいえない。

だが安藤坂がどこにあるのか、その程度は一郎太も知っている。

安藤坂は金杉水道町(かなすぎすいどうちょう)にある。あの町は、槐屋が店を構えている本郷から、西へ十四、五町ばかり行ったところにあるのだ。

しかし、お艶が向かったのは南である。

「お艶、方角がちがうのではないか」

気になった一郎太は、前を行くお艶に声をかけた。

お艶がさっと振り向く。

「歩くんでしたら西へ行くのがいいんでしょうけど、月野の旦那、あたしたちは今から舟に乗るんですよ」

「舟だと。どこで乗るのだ」

目を輝かせていった一郎太を見て、くすり、とお艶が笑みをこぼした。

「お艶、なにがおかしいのだ」

強い口調にならないように、一郎太は気を配った。

「いや、舟と聞いてうれしがるなんて、月野の旦那は、子供っぽくてかわいいって思ったんですよ」

「かわいいなど、とんでもない。俺は二十八の大人だぞ」

「大人でも、子供っぽい人はいくらでもいますよ。月野の旦那は、御座船（ござぶね）のような大きな船を、頭に思い描いているんじゃありませんか。月野さまは、前はかなりのご身分だったようですし……」

御座船を持ち出すとは、と一郎太は思った。

——お艶は俺の出自を知りたくて、鎌をかけたのではないか……。

「俺の身分など、どうでもよかろう。それに、江戸にいて舟といえば、猪牙舟くらいしか思い浮かばぬ。さらにいえば、俺は御座船に乗った覚えは一度もない」

「海を行く御座船ではなく、川御座船もありませんか」

川御座船だと、と一郎太は心中で首をひねった。

「それもないが、お艶、浅学の俺に教えてくれぬか。御座船には、川御座船というものもあるのか」

恥ずかしながら、川御座船を一郎太は知らなかった。

「ええ、ございますよ」

一郎太を見て、お艶が大きくうなずく。

「御座船というと、たいていは海のものをいいますが、川で使う御座船を所有している大名家もあるのです」

「船遊びに用いるのだな。ならば、広々とした川でないと、川御座船を浮かべるのは無理であろう」

「おっしゃる通りです。流れのほとんどない大河でないと、川御座船での船遊びはできません」

ふむ、と一郎太は鼻を鳴らすようにいった。

「お艶は川御座船に乗ったことがあるのか」

「ええ、乗りました」

そいつはうらやましい、と一郎太は心から思った。一郎太も船は大好きなのだ。船は大きければ大きいほどよい。大河で船に乗るなど、さぞかし気持ちよいであろう。

「お艶、いつどこで川御座船に乗ったのだ」

勢い込んで一郎太はきいた。お艶がまた楽しげな笑いを漏らす。

「もう何年も前です。木曽川で川遊びをしたお大名がいらして、その御家が川御座船を持っていたんです」

木曽川だと、と一郎太は思った。

「もしや、その川御座船では賭場が開かれたのではないか。お艶は女壺振り師として招かれたのであろう」

「ええ、おっしゃる通りです。よくおわかりになりますね」

「そのくらいの推量は、誰にでもできよう。しかし、そのような贅沢ができるとは、富裕な大名家であるのは、まちがいないな。どこの家だ」

「尾張さまです」

一郎太を見て、お艶がためらいなく告げた。

「尾張だと」

それは考えなかった。なにしろ御三家で最も家格が高いといわれている家なのだ。賭場とはなかなか結びつかない。

「しかも尾張家といえば――」

うちの隣の家ではないか。一郎太はうっかり口を滑らせそうになった。あわてて唇を閉じる。

「あら、月野の旦那、どうかされましたか」

一郎太の様子が妙に思えたらしく、お艶がきいてきた。

「月野の旦那は、もしや尾張さまとなにか因縁でもあるのですか」

いや、といって一郎太はすぐさまかぶりを振った。

「御三家ほどの大大名と、因縁などあるわけがない」

「でも、今の様子は、そういう風には見えませんでしたよ」

「因縁などまことにない。俺は嘘をつかぬ」

「それはそうでしょうね」

一郎太を見つめて、お艶が納得したような声を出した。

「それにしても、そうか、尾張徳川家がそのような真似をしたのか。木曽川に御座船を浮かべて、賭場を開くとは……」

「尾張さまには、風変わりな殿さまがいらっしゃいますから。あの御家の伝統かもしれませんよ」

その通りかもしれぬ、と一郎太は同意した。

――風変わりな殿さまは、あの家の血筋といってよいのではないか。特に、尾張宗春公は、最たる例かもしれぬ。

尾張家第七代の当主だった宗春は、天下に倹約策の触れを出した八代将軍吉宗に抗し、庶民の暮らしが豊かになるよう、そして領内が富むよう、商業を重く見る政を行った。

そのおかげで、名古屋の町はこの世の極楽といわれるほどの活況を呈した。

だがその政が放漫で贅沢と見た吉宗の逆鱗に触れ、宗春は無理矢理に隠退させられた。

それが四十四歳のときで、以後、六十九歳で死去するまで長い隠居暮らしを続けた。

これまで宗春公についてまったく考えなかったが、と一郎太は思った。

――俺が年貢半減令を出したのは、百年も前に生きた尾張の宗春公が頭にあったためかもしれぬ。名君として知られる宗春公と俺を一緒にしてはあまりに畏れ多いが、民を富ませようとの思いは同じであろう……。

民を富ませれば国も富む。それが最も望ましい政であるとの信念は、浪人暮らしをしている今も変わらない。

「それで、あたしたちがどこから舟に乗るかというと――」

前を向いたお艶が話を元に戻した。

「湯島横町の先にある河岸ですよ」

「湯島横町というと、昌平坂学問所の東だな。では、神田川を舟で行くのか」

「そのほうが歩くより楽だし、風流ですからね。江戸らしいし……」

舟で行くのが江戸らしいか、と一郎太は思った。確かにその通りであろう。

湯島五丁目と四丁目との境の道を右に折れ、突き当たりまで行くと、神田川が眼下に望めた。道を左に曲がり、昌平坂学問所の横を通る。昌平坂を下りてしばらく行くと右手に河岸があった。

石組みの立派な河岸に、何艘かの猪牙舟が舫われていた。

そのうちの一艘に、お艶が迷いのない足取りで近づいていく。

「千吉さん」

艫に座り、煙草を吹かしていた船頭らしい男に、お艶が声をかけた。

「ああ、お艶さん」

千吉と呼ばれた男が、顔のしわを深めてにこりとした。すぐに立ち上がる。

「お待ちしておりやした」

通りのよい声を上げ、千吉がぺこりと頭を下げた。

「お乗りくだせえ」

「ありがとう」

礼をいって、お艶が一郎太と藍蔵を見る。

「お二人が先にどうぞ」

「いや、俺たちはあとでよい」

「さようですか」

お艶が猪牙舟に乗り込む。そのあとに続いた一郎太と藍蔵は、千吉に会釈して舟に乗った。

「あっしは千吉といいます。どうか、お見知り置きを」

千吉が、舟底に座り込んだ一郎太と藍蔵に挨拶してきた。

「千吉さん、見目麗（みめうるわ）しい方が月野さまで、大きくて優しげな方が神酒さまですよ」

お艶が一郎太と藍蔵を千吉に紹介する。

「俺は月野鬼一（おにいち）という」

鬼一という名を聞いて驚いたのか、千吉がごくりと唾を飲んだ。

「俺の名にびっくりしたようだな」

「はい。失礼ながら、鬼一さまというお名は初めて聞きましたので……」

「お名は怖いけど、心根はとても優しいお方よ」

「ええ、さようでしょうね」

千吉が打って変わって、にこにこしていう。千吉の笑顔を見やって、一郎太はうなずいた。

「そなたを取って食うようなことはないゆえ、安心してくれ」

「はい、もちろんよくわかっておりますよ」

楽しそうに千吉が笑った。

「千吉、今日はよろしく頼む」

腰を浮かせて藍蔵が快活な声を投げた。

「わかりました。では、まいりますよ」

その声に藍蔵が座り直す。千吉がとんと棹（さお）で石垣を突くと、猪牙舟がゆっくりと動き出した。

岸を離れると、川風が吹き渡ってきた。日射（ひざ）しがあるから少し暖かいが、これで曇り空だったら凍えていたかもしれない。

一郎太の前に座っているお艶の後れ毛が風になびき、なんとも色っぽい。

――こんなことではいかぬ。お艶に惑わされておるではないか……。

「魚がたくさんおるな」

水中をのぞき込んで藍蔵がいった。

「鯉が多いですね。鰻や鮒もいるようですが」

月野の旦那、とお艶が呼びかけてきた。

「こちらの千吉さんは、江戸一の船頭と謳われる腕前なんですよ」

「ほう、それはすごい」

「いいえ、そんなに大したものではありやせんよ。ただ、長くやっているだけですから」

「長くやっている人はほかにもたくさんいますけど、千吉さんほどの腕前の人は、滅多にいませんよ。滅多にどころか、一人もいないっていうほうが正しいでしょうね」

まるでまなじりを決するような勢いで、お艶が力説する。

確かに、と一郎太は思った。大木の如く腰はどっしりしているのに、腕は柳のようにしなやかに動く。千吉の体に力が入っている感じは一切ないにもかかわらず、舟はすいすいと流れをさかのぼっていく。

——まるで鏡面を滑っているかのようではないか。

一郎太は猪牙舟の爽快な走りに、感動した。

舟が動きはじめてすぐに、橋の下をくぐった。

「昌平橋ですね」

橋を見上げて藍蔵がいった。

「では、昌平坂学問所はそのあたりだな」

一郎太は右手を上げた。昌平坂学問所の建物は崖に邪魔されてなにも見えない。目に入るのは、築地塀の上のほうだけだ。塀の向こう側は鬱蒼と木々が茂っていた。

水道橋、さらに小石川門橋を過ぎ、右側に水戸徳川家の上屋敷があるあたりを抜けると、またも橋が見えてきた。

「あれは船河原橋か」

一郎太がつぶやくと、藍蔵が点頭した。

「さようですね」

「船河原橋があるところで、神田川と江戸川が合流していたな」

「江戸川が神田川に流れ込んでおります。安藤坂に行くのなら、この舟は江戸川に入っていくでしょう」

藍蔵のいう通り、船河原橋を過ぎると千吉は方角を北にとった。猪牙舟は江戸川に入ったのである。

その後、五町ばかり行ったところで猪牙舟の船足が緩んだのに、一郎太は気づいた。右側に河岸が見えている。

舟はその河岸に、ほとんど揺れずにぴたりとつけられた。

——さすがに江戸一といわれる腕前だけあるな……。

千吉の技量に、一郎太は感心するしかなかった。

「お疲れさまでございました」

丁寧な口調でいい、千吉が一郎太たちに頭を下げてきた。

「千吉、まるで雲上を行くような乗り心地だったぞ」

千吉の業前を一郎太は褒めたたえた。

「いえ、このくらい、江戸の船頭なら誰でもできますよ。あっしだけが特別うまいわけじゃありやせん」

謙遜だな、と思ったが、一郎太はなにもいわなかった。千吉が本気でそう思っているのが、表情から知れたからだ。

人というのは、と一郎太は思った。我が強い者よりも、へりくだる者のほうが話していて気持ちがよい。

千吉に深く礼をいって、一郎太たちは猪牙舟を下りた。

「千吉さん、帰りもまた乗せてもらうから、ここで待っていてね。長く待たせるかもしれないけど……」

「わかりました。いくらでもお待ち申し上げますよ」

「ありがとう」

明るい声でいってお艶が笑う。

「お艶さんのためなら、あっしはなんでもいたしますぜ」

千吉に軽く頭を下げて、お艶が一郎太と藍蔵を見る。

「では、まいりましょう。こちらですよ」

お艶の案内で、一郎太は道を歩き出した。すぐに後ろに藍蔵がつく。

金杉水道町に来たのがいつ以来かわからないが、一郎太には目の前の町並みに、なんとなく見覚えがあった。

――俺は、いつ、なにをしにこの町に来たのだろう……。

歩いているうちに、一郎太は思い出した。

まだ七つか八つだった頃、その名からしてきっと上水道が通っているのだろうと考え、どんなものか見たくてならなくなった。

上屋敷の者の目を盗み、一人で足を運んでみたところ、上水道といっても樋(とい)があるわけではなく、開渠(かいきょ)になっていた。

清流ではあったが、ただの川の流れでしかなかった。水道と呼ばれているのにこんなものなのか、と一郎太は落胆したが、それでも、この水が江戸に暮らす者の喉を潤したり、炊事に使われたり、風呂の湯になったりして役に立っているのだなと思い、立ったまま流れをじっと見ていた。

すると、そこに供を連れた年老いた侍が通りかかり、小便をしてはならぬぞ、と一郎太に注意してきたのだ。

　大事な上水道に俺がそのような真似をするわけがなかろう、人を見て物をいえ、と一郎太はいい返したかったが、さすがに年上の侍に対し、それはできなかった。

　ぎゅっと拳を握り締め、うつむいていた。これではまるで本当に小便をするつもりでいたようではないか、と情けなかった。

　いかめしい顔をした老侍（おいざむらい）は、一郎太のそばを通り過ぎていった。

　くそう、と一郎太は地団駄（じだんだ）を踏んだ。上水道に小便をするような者に見られたのも、老侍になにもいい返せなかったのも、悔しくてならなかった。

　だが、しばらくその場にたたずんでいるうちに、あの侍には俺が小便をするような者に見えたのだな、という思いが心のうちから湧いてきた。同時に怒りが静まってきた。

　人に誤った思い込みをさせるほうが悪いのではないか。

　ならば、これまでの振る舞いや物腰、心構えから変えていかねばならぬ、と思い直したのだ。すべてを変えねばならぬ、と幼心に決意したのである。

　あの老侍に注意されて以降、一郎太は人にできるだけ誤解を与えないように、気を配って生きてきた。

——だが、それも無駄だったか。

美濃北山を出奔し、こうして浪人暮らしをしているのが、その証ではないか。

百目鬼家の当主として、領民のために必死に働いてきたのに、なんの役にも立たなかった。

——俺は、歯車が外れたからくりのように、からからと音を立てていただけではないのか……。

それはない、俺の働きにもきっとなんらかの益があったと、一郎太としては信じたいが、果たしてどうだろうか。

それにしても、とふと一郎太は思った。

——あの老侍は、今どうしているだろう。もう亡くなってしまったか。

あの侍の一言で、一郎太は生き方を変えようと思ったのである。今は感謝しかない。恩人といってもよい。

——七つか八つだった俺がこの町に来たのは、あの老侍に注意を受けるためだったのだろう……。

人生に偶然はない、と一郎太は思っている。金杉水道町であの侍に会ったのは、必然だったのだ。

——こうしてみると、他人を叱ったり、注意できたりする世の中は、やはりよいものだといえるのではあるまいか……。

　きっとそうだ、と一郎太は思った。

二

　不意にお艶の声が、一郎太の耳に入り込んできた。

「月野の旦那――」

　はっ、として一郎太は我に返った。

「どうした、お艶」

　顔を向けて一郎太はたずねた。

「着きましたよ」

　えっ、と一郎太は足を止め、お艶が指さすほうを見た。

　目の前に立派な長屋門があった。

「武家屋敷ではないか」

　一目見て、一郎太は驚いた。

「さようですよ」

　当たり前だという顔でお艶がいった。

「武家屋敷で賭場が開かれておるのか」

「ええ。こちらは、お旗本の池田山城守さまのお屋敷ですよ」

池田山城守だと、と一郎太は思った。

——寄合に、池田山城守という者がいたような……。石高は五千五百石だったか。

三千石以上の旗本で、無役の者は寄合と呼ばれる。

「この屋敷の中間長屋で、賭場が開かれているのか」

長屋門を見上げて、一郎太はお艶にきいた。

「いいえ、中間長屋ではありません」

たいていは、長屋門内にある中間長屋で暇な中間たちが博打に興じているものだが、ここはそうではないようだ。

「では、もしや大広間で賭場が開かれているのか」

適当にいってみたのだが、お艶が肯定した。

「おっしゃる通りです」

——なんと、そうなのか……。

そういえば、と一郎太はすぐさま思い出した。寄合の者は、百石につき二両を公儀に上納しなければならない仕組みになっている。

池田家は五千五百石だから、年に百十両も上納しなければならない。

——諸式が値上がりしている今、いくら五千五百石もの大身だといっても、無役の身でそれだけの金を納めるのは、さぞかし大変であろう……。

北山は三万石が表高だが、米の実収は四万石あった。だが、百十両を納めるように公儀に命じられて、すぐに実行できるかというと、かなり怪しい。

——いや、今すぐにというのは無理だな。勘定方に遊んでいる金など、一文たりともないのだ。百十両もの金が要るとなれば、昵懇の商家に借金を申し込まなければならぬ。

池田家も、と一郎太は思案した。年に百十両もの負担が重く、この屋敷を賭場として、やくざ者にでも貸し出しているのかもしれない。寺銭を当てにしなければ立ち行かぬのではないか。

「では、まいりましょうか」

白い足をそっと踏み出し、お艶が一郎太と藍蔵をいざなう。うむ、とうなずき、一郎太はお艶のあとに続いた。右手に伝通院の山門が見えている。この道は伝通院への参道のようなものだ。

ちらりと左側を見やると、安藤坂が眺められた。年老いた侍とのあれこれを頭に描いているうちに、いつの間にか安藤坂を上りきっていたのだ。

——気づかなんだな……。

とんとん、と音がし、一郎太が見ると、長屋門のくぐり戸をお艶が叩いていた。どちらさまでしょう、と低い男の声がくぐり戸越しに聞こえてきた。

「こちらでご厄介になっている艶です」

「えっ、もしや壺振りのお艶さんですか」

意外そうな声が返ってきた。閂が外される音がし、くぐり戸が開いて、若い侍が顔をのぞかせた。

「ああ、本当にお艶さんだ」

お艶を見て、若侍が驚いている。

「今日はどうしたのですか。当番の日ではありませんよね」

「お客を連れてきたんですよ」

「ああ、それはありがとうございます」

笑みを浮かべた若侍がお艶に辞儀する。

「こちらのお方は、月野さまといいます。もう一人のこの大きな方はお連れで、神酒さまといいます。神酒さまは博打はやりません」

わかりました、と若侍が明るくいった。

「あの、月野さま。どちらにお住まいか、教えていただけますか」

若侍が住処をきいてきた。別に隠すほどのものではなく、根津に住んでいる旨を一郎太は答えた。

――もし俺たちが賭場に迷惑をかけた際、必ずなんらかの形で賠償を求めるという意味で、住処をきいてきたのであろう……。

「あの、月野さまは今日、お足をお持ちでございますか」

どこか商人のような口調で、若侍がきいてきた。

「お艶にいわれ、十両持ってきておる。財布の中身を見せたほうがよいか」

「いえ、けっこうでございます」

手を振って若侍が断ってきた。

「お艶さんのご紹介ならば、十両をお持ちかどうか、確かめさせていただくまでもありませぬ」

その言葉を聞いて一郎太は、お艶はずいぶん信用されておるのだな、と感心した。

「さあ、お入りください」

若侍に促されて、まずお艶が先にくぐり戸をくぐった。

そのあとに、一郎太は藍蔵とともに続こうとした。ふと、なにか見られているような気になり、動きを止めた。

――またしても、羽摺りの者があらわれたか。四天王かもしれぬ。

くぐり戸に身を沈める前に、一郎太はいま来たばかりの道へ目を向けた。

道を行き来している者の姿はいくらでも見えたが、一郎太たちに注目している者など、一人もいなかった。

——忍びが、それとわかるように見ているはずもなかろうが……。

目で羽摺りの者を捜すのを、一郎太はあきらめた。

——もしまことに羽摺り四天王が近くにいるのなら、いずれ姿をあらわそう。

それを待てばよい、と一郎太は思った。

「月野さま、どうかしましたか」

後ろから小声で藍蔵がきいてきた。

「あとで話す」

一郎太はささやき返した。

「承知いたしました」

一郎太と藍蔵はくぐり戸を入り、池田屋敷の敷地に足を踏み入れた。

一郎太たちは、敷石を踏んで母屋を目指した。お艶が一緒にいるからか、案内の者がついたわけではない。

こいつはなかなか広いな、と一郎太は前方を眺めて思った。

長屋門から母屋まで、一町は優にあるのではないか。これほど広い敷地を持つ旗本屋敷は、江戸広しといえども、そうはないだろう。

――これだけの広さを誇っているのなら、中でなにをしていようと、外の者に気づかれる懸念はないな……。

「月野さま、先ほどの件ですが、外に誰かいたのですか」

低い声で藍蔵がきいてきた。

「誰かいたというのではない。眼差しを覚えただけだ」

「えっ、眼差しを……」

藍蔵は感じていなかったようで、無念そうな顔になった。これでは警固がつとまらぬ、と思っている表情だ。

「さようでございますか。羽摺りの者でしょうか」

悔しさを押し殺したような声で、藍蔵が問うてくる。

「おそらくそうであろう」

「やつら、そばに来ておるのですな。やはり、根津の家を見張られていたのでしょうか」

「そういうことであろう」

一郎太がうなずいてみせたとき、お艶が割り込むように語りかけてきた。

「お二人で、なにをこそこそと話をしているんですか」

「ああ、いや、なんでもないのだ」

お艶を見やって、一郎太はにっこりした。

「ところでお艶、ここの賭場はやくざ者が仕切っておるのか」

話題を変えるように一郎太は問うた。

「いえ、そうではありません」

即座にお艶がかぶりを振った。

「家中の方々が仕切っているのです」

当たり前のような口調でお艶が答えた。

「そうなのか。旗本の家臣が、賭場を営んでおるとは……」

ほかにそのような賭場があるものなのか、と一郎太は思案した。いや、これまで聞いた覚えはない。

「賭場を営む家臣の方々に下知されているのは、ご当主の池田山城守さまですよ」

なんと、と一郎太はさらなる驚きを覚えた。横で藍蔵も目をみはっている。

「当主自ら胴元をつとめておるというのか。お艶、それはまことなのか」

大身の旗本が胴元になるなど、にわかに信じがたい。

――無役の身とはいえ、なんといっても五千五百石もの大身なのだ……。いくら寺銭が入ってくるとはいえ、そこまでやる益があるのか。

「ええ、まことです」

お艶の答えを聞いて一郎太は、ふむう、となった。

――これは武家が支配する世の箍が、緩んできている証なのではないか。いや、もう外れかかっているのかもしれぬ……。

一郎太はそう実感せざるを得ない。

――おそらく暮らしに困り果て、武家が武家でいられなくなっておるのだ。食べていくために、なんらかの手立てを考えなければならなくなってきておるのだろう。賭場を営むのは、窮余の一策といえるかもしれぬ……。

「しかし、そいつはすごい話だな」

正直な気持ちを一郎太は吐露した。それにしても、と続けて考えた。

――池田山城守どのは公儀に賭場の一件がばれるとは考えておらぬのだろうか。むろん、要所要所に鼻薬は利かせてあるのだろうが。

それでも、もし露見したら、取り潰しは免れまい。

――いくら賭場が儲かるとはいえ、博打と五千五百石を引き換えにする覚悟が、果たしてできておるものなのか……。

もし取り潰しに遭っても、一生、食べていけるだけの金を稼ぎ出すつもりでいるのか。だが、それもよほどうまくやらない限り、蓄えた金は公儀に没収されてしまうだろう。

「お艶、なにゆえ池田山城守どのは賭場をはじめたのだ」

「それですか」

母屋を目指して歩きつつ、お艶が一郎太を見つめてくる。

「もともと池田山城守さまは、さいころ博打が大好きだったと聞いています。たまに気晴らしで、わずかなお供を連れて賭場にお忍びで行っていたらしいんですが……」

俺とまったく同じではないか、と一郎太は少し驚いた。

「でも、それが負けてばかりで、すぐにつまらなくなり……」

それはそうだろうな、と一郎太は思った。

「博打で儲けるのは相当、難しいものだ」

ええ、とお艶が点頭した。

「それは、あたしもよくわかっています。池田山城守さまは、なんとかこれまでの負け分を取り戻したい、と焦っていたところ、ある日、足を運んだ賭場は、なんでも武家が胴元をつとめていたそうなんです。それならば、自分でもやれるのではないかと思い立ったらしいんですよ」

ほかにも武家の賭場があったのか、と一郎太はびっくりした。

――確かに博打で負け続けていると、胴元が最も儲かるのだと、誰しもがわかってくるものだ。ならば、自分が儲かる側に回ればよいと考えるようになるのは、自然な成り行きだろう……。

　お艶がさらに言葉を継ぐ。

「あとは、寄合なので台所が苦しいという事情もあったようです」

「やはりそうか……」

　こほん、とお艶が咳払いをした。

「月野の旦那にはいわずもがなでしょうけど、今日は茶道の日という名目で賭場が開かれているので、決して大声を出さないようにしてくださいね」

　茶道が隠れ蓑なのか、と一郎太は思った。

　――なかなかうまいやり方ではないか。

　一郎太たちは、玄関から母屋に入った。広い三和土に、客のものとおぼしき履物はどこにも見当たらなかった。

　一郎太たちが雪駄を脱ぐやいなや、下足番が左側の物陰に持っていった。そちらに、下駄箱が設けてあるようだ。

「あの、申し訳ないのですが、お腰の物を預からせていただけますか」

　刀番らしい者にいわれた。

「ああ、そうであろうな」

　得物を持って賭場には入れない。金が絡む場所だけに、刀などを所持したままでは刃傷沙汰(にんじょうざた)になりかねないのだ。

――もし丸腰のところを羽摺りの者に襲われたら、どうなるか。

まず命はないのではないか。一郎太は、この屋敷に入る際に感じた眼差しを思い出した。

――やつらは、俺がこの屋敷にいるのを知っておる……。

だが、一郎太にこのまま引き下がる気はない。

――ならば、ここはおとなしく渡すしかあるまい。

覚悟を決めた一郎太は腰から鞘(さや)ごと刀を抜き取り、刀番に渡した。

少し迷ったようだが、結局は藍蔵も一郎太と同じようにした。

刀がなくなると、体から芯が消えたような心持ちになった。

賭場の中にも侍はおろう。その者たちの刀を借りるか奪うかすればよかろう、と一郎太は考えた。

一郎太たちは、ろうそくがところどころに灯(とも)されて、ほのかな明るさを保っている廊下を歩いた。

長い廊下を二十間ほど行ったところで、お艶が足を止めた。雄渾(ゆうこん)な筆致で虎が描かれた襖(ふすま)の前に、四人の侍がずらりと座していた。いずれも腕が立ちそうで、かたわらに刀が置かれていた。四人は用心棒だろう。

──賭場でなにかあった際、すぐに駆けつけられるようにしてあるのだな。なにかあったら、この者たちの刀を借りればよかろう。

「艶でございます」

腰を折ってお艶が名乗ると、そこにいた四人が一斉に笑顔になった。

「これはお艶どの、よくいらしてくださった」

年かさの侍が瞳を輝かせていい、辞儀してきた。

──お艶はやはり人気があるのだな。

年かさの侍が、一郎太と藍蔵に目を当ててきた。

「そちらのお二人は、お艶どののお客人ですね。どうぞ、お入りください」

お艶のおかげで歓迎されているのだな、と一郎太は実感した。

年かさの侍が体の向きを変えて、襖をそっと開けた。

それと同時に、まばゆいほどの光が押し寄せてきて、一郎太の体をのみ込もうとした。顔を伏せ気味にして中を見やると、八十畳はあると思える大広間に、おびただしい数の百目ろうそくが灯されていた。

これほどの数の百目ろうそくを目にするのは、一郎太は初めてだ。

──なんともすごい数だな……。

その上、そこにいる客の数も相当のものである。盆茣蓙のまわりに五十人ほどが座り、勝負を楽しんでいた。ほかにも休憩中らしい者が二十人は優にいた。

――こんなに入っているのか。すさまじいものだな……。

商家のあるじらしい男、隠居して悠々自適と思える男。頭を丸めているのは、僧侶であろう。神官ではないかと思える者もいた。武家もかなり混じっている。さらに、やくざの親分らしい者も三人ばかりいた。

いずれの客も身なりがとてもよく、この賭場には富裕な者しか来ていないのが、はっきりと一郎太に伝わってきた。

お艶は、客筋がいいといっていたが、まさにその通りだった。鉄火場(てっかば)という雰囲気はまったくなく、むしろ上品さが賭場には漂っている。

血が沸くような熱気は一切なかったが、こういう緊迫した静けさを求めてやってくる客も少なくないのではないか。

ここでは煙草も禁じられているのか、吸う者は一人もおらず、一筋の煙すら上がっていない。賭場といえば煙草の煙がつきもので、霧がかかったように霞(かす)んだところばかりだが、ここはそうではない。青々とした畳が敷かれた大広間は、清澄な気に満ちていた。

おそらくここは、と一郎太は思った。金を稼ぐのには最良の賭場であろう。一郎太はそれを実感した。

　勝負を休んでいるらしい客には、酒肴も出されている。酌をする女もいる。賭場に漂うにおいからして、酒は下り物の銘酒のようだ。

　うまそうだなと思ったが、もとより一郎太には酒を飲む気はなかった。いくら賽の目を読む力があるとはいえ、酒を飲んで博打に勝てるはずがない。

　それに、一郎太はもう酒を断とうと思っている。酒は毒水だぞ、と改めて肝に銘じた。

「藍蔵、そなたは勝負をせぬのだろう。酒を飲んでも構わぬぞ」

　藍蔵に目を当て、一郎太は告げた。

「ごめんこうむります」

　まじめな表情で藍蔵が答えた。

「酒を飲めば、月野さまの警固ができなくなります」

　藍蔵の判断は正しい。そしてそれは賭場も同じだ、と一郎太は思った。

　――博打に熱中していても、決して我を忘れてはいかぬ。

　金を駒札に替えるための帳場は、広間の端のほうにあった。木目の美しい帳場格子が、一郎太の目を引く。藍蔵を引き連れるようにして、一郎太はそこに向かった。

　帳場格子には、一人の侍が詰めていた。歳の頃は三十前後か、聡明そうな目をしており、いかにも算勘の才に長けているように見えた。

――勘定方の者かな。多分そうであろう。

帳場に歩み寄った一郎太は、その場に座した。背後に藍蔵が控える。

「いらっしゃいませ」

柔らかな声でいい、侍が低頭する。

「それがしは三郎兵衛(さぶろべえ)と申します。どうか、お見知りおきを」

「俺は月野という。ところで三郎兵衛どの、この賭場は、いくらから駒札に替えてもらえるのだ」

にこやかさを心がけて、一郎太は三郎兵衛にたずねた。

「一両からでございます」

三郎兵衛がはっきりと答え、そうか、と一郎太はうなずいた。

「この賭場には、いくらまで儲けてしまうと、それより先はもう儲けさせぬという縛りはあるのか」

「それはありませぬ」

一郎太を見つめて三郎兵衛が断じた。

「いくら儲けても構わぬのか」

「さようでございます」

「仮に、今日一日で百両を儲けても、なにもいわぬのか」

「もちろん申しませぬ」

「いわぬものの、あとをつけてばっさりと斬り捨て、金を取り返すというような真似もせぬのか」

一郎太にいわれて、三郎兵衛がゆったりとした微笑を頰に浮かべた。

「それも決してないと断言できます。我らはお客人の御祝儀のみでこの賭場を営んでおりますゆえ、お客人に気持ちよくすごしていただくように心がけております」

ほう、と一郎太は嘆息を漏らした。

「それは感心なことだな」

「恐れ入ります」

にこにこして三郎兵衛が低頭する。

「では、まずは三両を駒札に替えてもらおうか」

「承知いたしました」

一郎太は取り出した財布から三枚の小判をつまみ、帳場格子の端に置いた。

「かたじけなく存じます」

すぐに三郎兵衛が、駒札を差し出してきた。それを見て一郎太は目をむきそうになった。そこには駒札が六枚しかなかったからだ。

「駒一つが二分か」

「さようにございます」

当然のような顔で三郎兵衛が応じた。こいつはよいな、と一郎太はすぐに思い直した。

――これなら、手早く儲けられよう。

勝負が早いのはありがたいものな、と胸中でつぶやいて、一郎太は六枚の駒札を手にした。駒札はずしりと重く、帳場格子と同様に上質の木を使っているのが知れた。

「幸運をお祈りしております」

三郎兵衛にほほえみを返して立ち上がった一郎太は、座れそうな場所を探した。ちょうど盆茣蓙の真ん中が空いており、そこに座した。

「では、それがしはあちらにおりますので」

藍蔵が、壁際に敷き詰めてある座布団のほうを指さした。そちらには、勝負を休んでいる者たちがたむろしている。

一郎太の斜め前には中盆（なかぼん）をつとめる男がいて、軽く頭を下げてきた。よろしく頼むというように、一郎太は会釈を返した。

盆茣蓙には、中盆が三人いた。いずれの男も背筋がぴんと伸びているが、侍ではなかった。

――この三人は、よそから雇ったようだな。

自前では、さすがになんとかできなかったのだろう。賭場を取り仕切るのは経験や威厳が大事で、素人にそうそうできるはずもないのである。

中央に座している壺振りも、男である。もうけっこうな歳で、六十に近いのではないかと思えた。肩幅が広く、がっしりとしている割に、華奢（きゃしゃ）な手をしていた。

十本の指は、磨き込まれたような光沢を帯びていた。眼光は鋭いが、目は澄んでいる。

——阿漕（あこぎ）な真似を一切せず、壺振り一筋にこの世を渡ってきた男なのかもしれぬ。

一郎太には、そうとしか思えなかった。もしお艶が目の前の壺振りの歳になれば、いつかああいう指になるのだろうか。

——この壺振りもよそから雇っているのであろうな。それにしても、お艶はどこに行ったのだろう……。

一緒に大広間に入ったはずだが、一郎太が帳場にいるあいだに姿が見えなくなっていた。

よし、と自らに気合をかけ、一郎太はさっそく勝負に入ろうとした。ふと横に人の気配が立ち、いいにおいが鼻孔を打った。

——お艶が来たか……。

「月野の旦那、お待たせしました」

明るい声でいって、お艶が一郎太のかたわらに座る。他の客が、お艶のために少しどいてくれたのだ。

「今からはじめるのね」

「うむ、そうだ」

お艶から立ち上る甘いにおいがなんともいえずかぐわしいが、一郎太の心は相変わらず揺らがない。なんといっても、一郎太は妻の静一筋なのだ。

「お艶、どこに行っていた」

「池田山城守さまにご挨拶をしてきました」

「そうか。山城守どのは、どんな人だ」

「優しいお方ですよ。もう五十は過ぎているんですけど、若々しいし……」

「若々しいのは、なによりだな」

「ええ、本当です。ところで月野の旦那、あたしがそばにいては、邪魔ですか。勝負に専念できませんか」

気を利かせてお艶がきいてきた。

「いや、邪魔であるわけがない」

横にお艶がいるくらいで、気持ちを乱されるはずもない。

「それなら、一緒にいてもいいですか」

「もちろんだ」

お艶の前にも、六枚の駒札が置かれていた。

――俺と同じか。お艶は、けっこう裕福なようだな。壺振りというのは、儲かるものなのか……。

やおら三人の中盆の声が響き渡り、新たな勝負がはじまった。壺振りの男が壺にさいころを入れ、すかさず伏せる。

身じろぎ一つせず一郎太は壺をじっと見た。

――五一だな。

「丁」

二枚の駒札を、一郎太は前に押し出した。

「丁」

お艶も一郎太と同じ目に賭け、二枚の駒札を前に出した。にこりとほほえみかけてくる。妖艶な笑みで、他の男ならいちころになるだろうが、一郎太は平静そのものだ。

丁半駒揃いました、と中盆の声がかかった。勝負、といって壺振りが壺を開く。

「五一の丁」

中盆の声が高らかに響き渡る。これで一郎太のもとには四枚の駒札がやってきた。

今の勝負に勝った者たちが、祝儀を中盆に向けて放っている。

——気前がいいな。

一郎太も、祝儀を中盆の前に投げた。ありがとうございます、といって中盆たちが祝儀をかき集めていく。

——今の勝負だけで、軽く二、三両は胴元に入っただろう。一日に二百両もの金が懐に入るとお艶はいっていたが、大袈裟でもなんでもないな……。

池田家は日に三百両くらい、軽く稼いでいるのではあるまいか。

「お艶、この屋敷では毎日、賭場が開かれているのか」

「さすがにそれはありません。半月に一度、日を決めて行っています」

「そういうものであろうな。これほどの大博打など、気軽に開けるものではない。だからこそ、誰もがこの賭場を楽しみにしてやってくるのであろう」

——おそらく、月に五百両から六百両もの稼ぎがあるのだろう。すさまじいものだな……。

次の勝負がはじまり、一郎太はまた賽の目を読んだ。今度は三六である。

「半」

一郎太は二両分の駒札を前に出し、横にした。またお艶が一郎太と同じ目に同じ額を賭けた。

丁半駒が揃い、壺が開けられた。

「三六の半」

一郎太のもとに、四両分の駒札がやってきた。一郎太は祝儀を中盆の膝元（ひざもと）にそっと放った。

連戦連勝となると、ほかの客が一郎太と同じ目に賭けてしまい、勝負が成り立たなくなる。それを避けるために、一郎太は必ず負けを挟んで、勝負を続けていった。ときには連敗さえした。

そうやって、地道に目の前の駒札を増やしていった。

今日の目標は二十両である。

三

金杉水道町に着くや、青龍と朱雀は聞き込みを行った。

二人で手分けして聞き込んでみたのだが、安藤坂の近くで開かれている賭場は、なかなか見つからなかった。

――なぜ見つからぬ。

朱雀が唇を読みちがえたのではないか……。

十分に考えられる。なにしろ、腹這（はらば）いになっていた屋根から、一郎太の家まで半町はあったのだ。

　いくら朱雀の目がよくても、一郎太たちの唇の動きなど、そうそうわかるものではない。

　きっとそうだ、と考え、青龍は待ち合わせ場所にした安藤坂の坂上に、いったん戻った。そこにはすでに朱雀がいた。

「賭場が見つかったのか」

　朱雀に駆け寄るや、青龍はきいた。

「いや、見つからぬ」

　青龍を見て、朱雀がかぶりを振った。

「やつら、もうじきやってくるのではないか」

　安藤坂の下を見やって青龍はいった。

「ああ、来るだろう」

「ならば、やつらをつけるか」

「それがよかろう」

　おもしろくなさそうな顔で朱雀が同意した。

「その前によいか。朱雀、安藤坂の賭場というのは、まちがいないのだな」

　先ほど湧き上がった疑念を、青龍は口にした。朱雀が眉を上げて青龍をにらむ。

「まちがいではない。あの女は、確かに安藤坂の近くで賭場が開かれているといった」

忍びとは思えない強い声音で朱雀がいった。

「わかった。信じよう」

青龍たちは金杉水道町の茶店に入り、茶を喫しつつ、安藤坂の人の行き来を見守った。

やがて、安藤坂を登ってくる三人連れの姿が青龍の目に入った。瞳に力を込めずに見つめる。

紛れもなく一郎太たちである。

――ふむ、朱雀はまちがっておらなんだか。

朱雀に顔を向け、青龍は、来たぞ、と目配せした。一郎太たちを眺めて、うむ、と朱雀がうなずいた。

小女に代を払い、青龍たちはいつでも茶店を出られるようにした。

安藤坂を上りきった一郎太たちが足を止めたのは、茶店の向かいに建つ宏壮な武家屋敷の門前だった。

その武家屋敷で賭場が開かれているのか、と青龍は驚きを隠せなかった。長屋門内にあるはずの中間部屋からは、そのような気配は一切してこなかったのだ。そのために青龍は気づかなかったのである。

艶やかな女が長屋門のくぐり戸を叩く。

──まさか、俺の腕は落ちたのではあるまいな……。

暗澹たる思いを青龍は抱いた。

──このざまでは、一郎太にも勝てぬのではないか……。

そのような仕儀になるはずがない、と青龍はすぐに思い直した。

──俺は必ず勝つ。

「そこの武家屋敷だが、あるじは誰だ」

そばに立っている小女に、低声で青龍はきいた。立派な長屋門からして、相当の大身であるのはまちがいない。

「池田山城守さまのお屋敷です」

「池田山城守……。何者だ」

「お旗本です。五千五百石の……」

──五千五百石だと。それはまた、滅多におらぬ大身ではないか……。

「それだけの大身では、なにか役目に就いておるのだろうな」

「いえ、なにも就いていらっしゃらないみたいですよ」

「寄合か」

――公儀からなんの実入りもないゆえ、賭場を開いているのか。

青龍は合点がいった。

いま一郎太たちはまだ門前にいる。くぐり戸は開いている。艶やかな女が、中の者と話をしているようだ。

「池田山城守の屋敷には、ああやってよく人が来るのか」

顎をしゃくって青龍は小女にきいた。

「なんでも、あちらでは茶道と華道を教えていらっしゃるらしいですよ。それがすごくお高くて、お金持ちしか、通えないようです」

「茶道と華道か……」

うまい目くらましだな、と青龍は感心した。

「半月に一度、ああして身なりのよいお方がたくさん見えますよ」

「半月に一度か……」

武家が賭場を開いているのなら、さすがに毎日はできまい。公儀に目をつけられないためにも、日を限って賭場を開くというのは、上手な仕方ではないか。

中の者と話がついたらしく、女がくぐり戸から屋敷内に入った。そのあとに一郎太も続こうとしたが、なにかを感じたような素振りを見せた。だがそれも一瞬に過ぎず、一郎太と藍蔵はくぐり戸の向こうに姿を消した。戸がすぐさま閉められる。

――俺たちが見ているのに気づいたか……。

気づかれたところでどうということもない。一郎太はいずれ俺たち羽摺り四天王に襲われると、わかっているのだ。

「様子を見てくる」

つぶやくようにいって、朱雀が茶店を出た。青龍も続く。

二人は道を進み、路地を入って池田屋敷の横手に出た。あたりはひっそりとして人けがない。

その機を逃さず、朱雀がひらりと塀を越えた。わかってはいるものの、相変わらず鮮やかすぎるほどの身のこなしである。すぐさま青龍もあとに続いた。音もなく池田屋敷の敷地内に着地した。

すでに朱雀は、母屋に向かって歩き出している。青龍は追いかけた。

「賭場はどこで開かれているのだ」

朱雀の背中に向かって、青龍は小さく声をかけた。

「母屋のどこかだ。大広間あたりが使われているのではないのか」

それについては、青龍も同感である。宏壮な母屋はほとんど人の気配が漂っていない。どうやら一か所に集まっているようだ。そこが賭場であろう。

「この中に、大勢の者がいるようだ」

母屋をじっと見て朱雀がいった。

「うむ、その通りだ」

青龍も、おびただしい人の気配を感じ取っている。

――外からでは、かなり遠いな。気づかなかったのも無理はないか。

自らを慰めるように青龍は思った。青龍たちは少し歩き、濡縁のついた部屋の前に立った。腰高障子はすべて閉まっている。縁の下が大きく口を開けていた。

そこから、青龍と朱雀は忍び込んだ。頭上の床板を破って、無人の部屋に出た。その部屋から天井裏に上がり、賭場を目指して進んだ。

「ここだな」

朱雀がいい、青龍はうなずいた。そっと天井板を外し、下を探るように見た。

眼下では大勢の者が盆茣蓙を取り囲んでいたが、誰もが無言で勝負していた。青龍が知っている賭場とは、かなり勝手がちがう。

――これでは、とても鉄火場とはいえぬな。ところで、やつはどこだ。

あっさりと見つかった。一郎太は、壺振りの向かいに座している。

――丸腰ではないか。

ここでけりをつけたいという気持ちに、青龍は駆られた。

「ここで殺るか」

「それもよいが、まちがいなくやつを仕留められるか」

さすがに人が多すぎるか、と青龍は思った。気づかれずに近づければ殺れるだろうが、もし第一撃をしくじったとき、他の客に紛れ込まれて難しくなる。

「いや、まちがいなくとはいえぬ」

「ならば、やめておくのがよかろう」

「承知した」

青龍は一郎太の様子を、見るでもなく見ていた。一郎太は勝負には慎重なたちのようだが、それでも三度に二度は勝っている。大した腕前としかいいようがない。一郎太の前に積んである駒札は、すでにかなりのものになっている。

——やはり、やつは勝負勘に優れているのであろう……。

この賭場は客筋がよいようで、相当の大金が動いているのはまちがいない。やつはいったいどのくらい稼ぐつもりでいるのか、と青龍は思った。

——わからぬが、かなり長居しそうだ。

「朱雀」

青龍はささやきかけた。

「なんだ」

「やつを亡き者にする手立てを話し合おうではないか」

「よかろう」

天井裏で青龍と朱雀は顔を寄せ合った。

四

賽の目が読める才のおかげで一郎太は、池田家の屋敷の賭場で大きな勝ちをおさめた。

当初の目論見通り、二十両を稼げたのである。百両を稼いでも文句はいわないと三郎兵衛という侍はいっていたが、さすがにそこまで一郎太の根は続かなかった。

賽の目を読むには、かなり気を入れなければならないのだ。

――若い頃とは異なり、だいぶ疲れるようになってきた……。

それに、一郎太の前に積まれる駒札を見て、一郎太の賭け目に乗ろうとする者が増えてきた。勝負が成り立たなくなりそうになる回も少なくなかった。

やはりいっぺんに百両などと考えず、今日のように地道に二十両くらいを稼いでいくのがよいのではないか。

――これを何度か繰り返していけば、いずれお竹の身請けができよう。

お竹の身請け額は九十両である。あと四度、この賭場で儲けさせてもらえれば、なんとかなるのではないか。

しかし半月に一度しか、この賭場は開かれない。今月はあと一度はあるだろう。この賭場だけで九十両すべてを稼ぐとするなら、再来月までかかる計算である。

——再来月まで、果たしてお竹を匿(かくま)っておけるものなのか……。

一郎太と藍蔵は玄関で刀を返してもらい、腰に帯びた。さすがにほっとした。全身に熱いものがみなぎるのが、はっきりとわかる。刀というのは偉大な力を持っている。

——さすがに名刀、摂津守順房(せっつのかみよりふさ)だな。

「ありがとうございました」

池田屋敷をあとにするやいなや、お艶が礼をいってきた。

「月野の旦那のおかげで、大儲けできましたからね」

「それはよかった」

一郎太が連敗をしたりしても、お艶は迷わずに一郎太の目に乗り続けたのだ。

「お艶どのは、端(はな)から月野さまの賭ける目に乗るつもりで、今日は誘ってきたのではありませぬか」

藍蔵が後ろからいってきた。

「ええ、すごくいい賭場があるから月野の旦那に紹介したい気持ちもありましたし、月野の旦那の博打の強さは、あたしも何度か目の当たりにしていましたから、一度、乗ってみたいなあ、という思いもありました。その両方ですよ」

「藍蔵、とにかく俺はお艶のおかげで二十両もの金を稼げた。ああ、そうだ、藍蔵。これは返しておく」

懐から藍蔵の巾着を取り出し、一郎太は差し出した。受け取った藍蔵が懐にしまおうとして、おや、という顔になった。歩きながら巾着の中をのぞき込む。

「月野さま、中身がだいぶ増えておりますぞ」

「ちょうど十両、入れておいた。藍蔵の小遣いにしてもよいぞ」

「滅相もない」

びっくりしたように藍蔵が答えた。

「万が一のために、蓄えておくに決まっております」

「藍蔵は相変わらずかたいな」

「月野さまが柔らかすぎるのです」

「男は柔らかいくらいがちょうどよいと思うがな……」

「いえ、かたいのが一番です」

安藤坂を下り、道を右手に取る。やがて江戸川の河岸が見えてきた。猪牙舟の艫（とも）に座り、ぼんやりと空を見上げている千吉の姿が、一郎太の目に入り込んだ。

——よし、千吉の酒手も弾んでやろう。いくら商売とはいえ、ただ待つのは退屈だっただろうからな……。

一郎太は懐紙を取り出し、それで一両を包もうとした。

——いや、一両では使いにくいか。

両替商に持っていかないと、そのあたりにある普通の店では小判は使えないのだ。両替するときに素性などいろいろときかれて、面倒くさいし、難儀でもある。

一郎太は財布を探り、祝儀の残りの一朱銀や二朱銀を取り出した。全部で三分ほどあった。それを改めて懐紙で包む。

——このくらいあればよいか……。

すでに一郎太たちは、河岸に足を踏み入れていた。そこには、何艘かの猪牙舟が舫われている。

「千吉さん——」

猪牙舟に近づいて、お艶が声をかけた。

「ああ、お帰りなさい」

立ち上がった千吉が辞儀してきた。

「首尾はいかがでしたか」

にこやかに千吉がきいてきた。

「お武家の言葉でいえば、大勝利ね」

「それはよかった」

千吉が満面の笑みになる。

「月野さまもお勝ちになったんですかい」

「ああ、たっぷりとな」

小判でふくらんだ懐を、一郎太は叩いてみせた。

「お艶がどのくらい勝ったか知らぬが、俺はこれまでで一番、儲かった」

「そいつはすごい」

千吉が感嘆の眼差しで一郎太を見る。

「これは俺からの酒手だ。千吉、受け取ってくれ」

懐紙で包んだおひねりを、一郎太は千吉に差し出した。

「これは、ご丁寧にありがとうございます。頂戴いたします」

おひねりを手にして、千吉がにこにこと笑んだ。

「これはあたしからよ」

お艶も千吉におひねりを差し出した。

「ありがとうございます」

弾んだ表情で、千吉が二つのおひねりを袂に落とし込む。

「では、お乗りください」

頬を緩めた千吉にいわれ、一郎太たちは猪牙舟に乗り込んだ。

船底に座り込み、一郎太は空を見上げた。池田家の賭場にはかなり長居をしたらしく、太陽はだいぶ傾いており、夕暮れの気配が迫りつつあった。腹も減っていた。

――博打をしていると、ときがたつのが恐ろしく早いな。

一郎太がぼんやりしていると、

「出しますよ」

棹を手にした千吉がいった。そのとき、突然、女の悲鳴が一郎太の耳を打った。なんだ、と思って声のしたほうを見やると、一人の武家娘が千吉の舟に駆け寄ってくるところだった。

――まさか刺客ではあるまいな。

一瞬、一郎太は刀に手を置きかけた。娘はそのまま舟に飛び乗ってきた。舟がぐらりと大きく揺れる。あっ、と声を上げてお艶が江戸川に落ちそうになった。

「危ないっ」

手を伸ばし、一郎太はお艶の腕を取った。かろうじてお艶は江戸川に落ちずに済んだ。

「大丈夫か」

お艶を引き寄せて一郎太はたずねた。

「ええ、大丈夫です。月野の旦那、ありがとうございます」

うっとりとした目で、お艶が一郎太を見上げてくる。まさに妖艶な眼差しとしかいいようがない。

もし一郎太が静に心底惚(ほ)れていなければ、お艶にこんな目で見つめられては、心は相当、揺らいだだろう。

一郎太にとどめを刺さんばかりに、お艶がしなだれかかってきた。

「もう大丈夫だな」

にこやかにいって、一郎太はやんわりとその体を押し戻した。残念そうな顔で、お艶が一郎太から離れる。

不意に横から強い眼差しを一郎太は覚えた。見ると、鋭い光をたたえた目で、猪牙舟に乗り込んできた娘が一郎太を見つめていた。歳の頃は二十半ばくらいか。まずまず年増(としま)といってよさそうだ。かなり上等な着物を着込んでいた。

「ところで、おぬしは何者だ」

見返した一郎太は娘に質(ただ)した。ふっ、と娘が目から力を抜いた。

——別に害意などなさそうに思えるが……。

むろん油断はできない。

「なにゆえこの舟に飛び乗ってきた」

娘に目を据えて、一郎太は問うた。

「悪者に追われているのです。どうか、お助けください」

我に返ったかのように必死の表情になり、娘が懇願してきた。

「悪者だと」

面を上げて一郎太は、娘が逃げてきたほうへと目をやった。そちらからは、誰かが追ってくるような気配は感じられない。

「そなたはなにゆえ悪者に追われているのだ」

娘を見つめて問いかけたとき、一郎太の耳にただならぬ足音が届いた。同時に、娘がやってきた方角に強い気配が漂いはじめる。

一郎太が顔を向けると、角を曲がって四人の侍がばらばらと姿を見せた。

そのうちの一人が猪牙舟に娘が乗っているのを見て、あそこだ、と叫んで指を差した。猪牙舟をめがけて四人の侍が殺到してくる。まだ距離は十間以上あるが、あと数瞬で侍はこの舟に到達するだろう。もはやさしたる余裕はない。

「どうします、旦那」

駆け寄ってくる四人の侍を見つめ、狼狽(ろうばい)の色を目に浮かべた千吉が一郎太に問う。いくら江戸一番の船頭といっても、こういう場面にそうそう出くわしはしないだろう。

うろたえるのも仕方がない。

「窮鳥、懐に入れば猟師もこれを殺さず。千吉、出してくれ」

「合点だ」

腰を落とした千吉が棹を河岸に当てた。だが、すぐ近くまで迫ってきていた四人の侍が猪牙舟に躍り込もうとした。

その寸前、一郎太は素早く舟を下り、最初の一人に当身を食らわせた。藍蔵も一郎太に加勢し、続けざまに二人の侍を気絶させた。

最後の一人は一郎太が相手をした。その侍は一郎太に顎を打たれ、白目を剝いた。

どぶん、と音がし、江戸川に派手な水柱が立った。

――済まぬ。

心で謝っておいて一郎太は藍蔵とともに猪牙舟に戻った。

「行きますよ」

額に汗を浮かべた千吉がいい、猪牙舟は河岸を離れた。

すぐに態勢を立て直した三人の侍が、猪牙舟を追って駆けはじめる。江戸川に落ちた者も、河岸に自力で這い上がっていた。

それを見て、一郎太は安堵した。溺れ死になどしないとわかっていたが、何事にも万が一があるのだ。うらみなど、これっぽっちもない者を死なせたくはない。

「皆さん、落ちねえようにしっかりつかまっていてくだせえよ」

三人が追ってくるのを見て、棹から櫓に持ち替えた千吉が一気に船足を上げた。ぐん、と体が後ろに引っ張られるのを一郎太は感じた。

さすがに江戸一の腕前だけあって、猪牙舟は恐ろしいほどの速さで進んでいく。

——まるで馬に乗っているかのようだ。

船足の速さに一郎太は驚愕するしかない。

——これなら、あの侍たちに追いつかれることはあるまい。

船縁をがっちりとつかみつつ、一郎太は判断した。

飛ぶような速さで水面を行く猪牙舟を見て、危ねえぞ、なにしてやがんだ、てめえは馬鹿か、などと他の船頭たちから怒声が飛んできたが、千吉はお構いなしだ。

江戸川から神田川に出たところで、追っ手の姿は見えなくなった。振り切ったようだな、と一郎太は思った。

ふう、と軽く息をついて千吉が少し船足を緩めた。

「千吉、すごかったぞ」

「ええ、あっしも必死でした」

「あれだけの速さで突っ走って、どの舟にもぶつからぬとはさすがだな」

「まあ、ぶつけるのだけは避けようと思って、櫓を漕いでましたよ」

「とにかく千吉、助かった」

礼を述べてから一郎太は、舳先近くに座り込んでいる娘を見つめた。

「おぬし、名は」

「依子と申します」

殊勝な顔で娘が答えた。

「いかにも身分の高そうな者に見えるが、どこの娘だ」

「池田山城守の娘です」

「池田山城守どのだと。安藤坂上にある寄合五千五百石の池田山城守どのの娘なのか」

「は、はい。よくご存じで」

一郎太を見て、依子がびっくりしたようにうなずく。

「なにゆえ、おぬしは追われているのだ。追ってきたあの四人は何者だ」

「我が家の家臣です」

「なんと、家臣が悪者なのか」

「はい、悪者です」

依子がはっきりといい切った。

「なにしろ、あの者らは父上の意を受けた者どもですから」

「主筋であるそなたを、家臣が追ってきたというのか。しかも父上の意といったが、それはどういうことだ」

依子はうつむき、押し黙った。

「実を申せば、俺たちはそなたの屋敷で開かれている賭場に行った帰りだ」

口を開かせるきっかけになれば、と思って一郎太は告げた。

「えっ、そうだったのですか」

目を大きく見開いて、依子が一郎太とお艶、藍蔵をまじまじと見る。

「おかげで、だいぶ稼がせてもらった」

「では、屋敷内で賭場が開かれているのはご存じなのですね」

「むろん存じておる」

「私は博打が嫌いなのです」

きっぱりとした口調で依子がいった。

「法度に触れるような真似はやめるよう、私は口を酸っぱくして申し上げてきたのですが、父上はまったく聞き入れようとしませぬ」

悔しそうに依子が唇をわななかせる。

「それで、屋敷を逃げ出したのか」

「いえ、そうではありませぬ」

一郎太をじっと見て依子が否定した。

「あまりに賭場について私が口うるさくいうので、父上は厄介払いをするために私を他家に嫁がせようと決めたのです。そのような理不尽なことで嫁がされるなど、冗談ではありませせぬ。それで逃げ出したのです」

縁談か、と一郎太は思った。武家の縁談は自らの意志でなんとかなるものではない。

「祝言の日取りは決まっていたのか」

「日取りについては聞いておりませせぬが、おそらく決まっていたものと思われます」

「ならば、父上は寄合肝煎(きもいり)に、事前にそなたの縁談を通してあったのではないか」

肝煎とは、寄合の者を組ごとに束ねる頭(かしら)をいう。

「はい、おそらくは……」

「それを反故(ほご)にする気か……」

これを機に池田家の賭場が露見するかもしれぬな、と一郎太は思った。

――いや、賭場に関しては目こぼしを願って、少なくない金がすでに肝煎に渡っているのかもしれぬ……。

賭場については、肝煎は了承済みのような気がした。

「それで、そなたはこれからどうする気だ」

穏やかな声で一郎太は依子にきいた。依子は、まだなにも決めていないように一郎太には見えた。後先を考えず、屋敷を飛び出してきたのだろう。

「俺たちは家に戻るつもりだが……」

「あの、あなたさまのお名を教えていただけますか」

すがるような目で依子がきいてきた。

「ああ、申し遅れて済まぬ。俺は月野鬼一という」

「鬼一さまですか」

「怖い名かな。だが、そなたを取って食おうなどという気はないゆえ、安心してくれ」

「はい、わかりました」

依子が素直に首を縦に動かした。

「こちらは俺の友垣(ともがき)で、神酒藍蔵という」

いぶかしげな目で依子を見ている藍蔵を、一郎太は紹介した。

「こちらはお艶だ」

艫に座しているお艶に、一郎太は手のひらを向けた。お艶がにっこりと笑い、依子に辞儀してみせる。

「お艶さんは、月野さまのご内儀ですか」

お艶から眼差しを外して、依子が一郎太に問うてきた。

「いや、ちがうちがう」

即座に一郎太はかぶりを振った。

「ああ、そうですか」

両手を合わせて依子が笑んだ。

「でも依子さま、月野の旦那にご内儀はいらっしゃるのよ」

いきなりお艶が告げた。お艶は静のことを知っていたのか、と一郎太は驚いた。

──いや、そうではないな。俺に妻がいるかどうか、お艶は鎌をかけたに過ぎぬ……。

だが、ここで白を切ってもはじまらない。

「ああ、確かに俺に妻はおる」

笑みを浮かべて一郎太は認めた。

「えっ、そうなのですか」

依子は落胆の色を隠せない。お艶も少しうなだれたように見えた。

「それで、これからどうするのだ」

一郎太は改めて依子にきいた。

「あの、月野さまのお住まいはどちらなのですか」

うちに来るつもりか、と一郎太は思った。

すよ」

「月野の旦那、これもなにかのご縁でしょうから、連れていってあげたほうがいいで

艫からお艶が勧めてきた。縁か、と一郎太は思った。

——確かにその通りかもしれぬ。

「わかった、連れていこう。むろん、そなたがよいのであればだが」

「私はありがたくて涙が出そうなくらいです」

あっけにとられた顔で、藍蔵が一郎太をまじまじと見ている。これ以上の面倒を抱え込むつもりですか、とその顔がいっていた。

首を伸ばして一郎太は背後を見やった。追っ手の侍たちの姿はどこにも見えない。千吉は完全に振り切ってくれたのだ。

「でも月野の旦那、あまり女に甘すぎると、いずれ手痛いしっぺ返しを食らうかもしれませんよ」

一郎太をじっと見てお艶がいった。

「そうかもしれぬな」

お艶を見返して一郎太はうなずいた。

「千吉、俺と藍蔵、依子どのを昌平坂の河岸で降ろしたら、お艶を浅草御門まで送り届けてくれぬか」

「承知しました」

　猪牙舟がゆっくりと河岸に着いた。

「ではお艶、これでな。今日は楽しかった」

「私もです」

　弾んだ顔でお艶がいった。

「また一緒に賭場に行こうではないか」

「もちろんです」

　笑みを浮かべてお艶が答えた。

「月野の旦那、あたしの賭場にも、また来てくださいね」

「わかっておる」

　お艶と千吉に別れを告げて、一郎太は舟を下りた。依子と藍蔵があとに続く。

「あの、お艶さんは、賭場で働いているのですか」

　後ろから依子が一郎太にきいてきた。

「そうだ。浅草で壺振りをしている」

　ちらりと振り返って一郎太は答えた。

「えっ、壺振りですか」

あまりに意外だったらしく依子が目を丸くする。

「女の人で壺振りをしているとは、かなり珍しいような気がします」

「確かに、そうはおらぬだろう」

一郎太は大きくうなずいて同意した。

「しかし月野さま——」

後ろから素早く近づいてきた藍蔵が、一郎太にささやきかける。

「後先も考えずに、依子どのを家に連れていこうだなんて、いったいどうするおつもりなんですか」

また出たな、と一郎太は思った。

——藍蔵お得意の、どうするおつもりなんですか、だ。

「どうするもこうするもなかろう」

顔を藍蔵に向け、一郎太は小声で返した。

「これが俺たちの運命だったのだ。藍蔵、運命には逆らわずに従うものだ。昔からそう決まっておる」

「運命だなんて、月野さまが勝手に決めたのではありませぬか」

「それも含めて、そなたの運命なのだ。もう決まったのだ。藍蔵、ぐだぐだいうな。まだいう気なら、さっさと国に帰れ」

強い口調で一郎太は命じた。

「いやでございます」

一郎太の目を見て、藍蔵が突っぱねる。

「それがしは、月野さまのそばにいなければなりませぬ。それこそが、それがしの運命でございますから」

「人に運命ありだ。わかったら文句はいうな」

「はっ、承知いたしました」

少ししょげたような顔で藍蔵が答えた。

第三章

一

足弱である依子を慮(おもんぱか)りながら、一郎太たちは早足で根津の家を目指した。

夕暮れが近づき、あたりはだいぶ暗さを増している。

逢魔(おうま)が時(とき)か、と一郎太は思った。

――羽摺りの者があらわれるなら、今かもしれぬ。

一郎太は、後ろにいる依子にちらりと目を投げた。依子は別段、あたりを気にする素振りもなく歩いている。

――落ち着いたものだな……。

なにもないからといって一郎太は気を緩めるつもりはなかった。さらに気を引き締めたが、あたりに羽摺りの者らしい気配はない。そういえば、と思い出した。

――興梠弥佑はどうしたのだろう……。

結局、姿を見せなかった。天栄寺の大楠の洞に置かれた文を、まだ見ていないのだろうか。志乃はまちがいなく、天栄寺に行ってくれたはずである。

――それとも、俺が気づかぬだけで、今も警固についてくれているのだろうか。

そうかもしれぬ、と一郎太は思った。いきなり強い北風が吹き寄せてきた。寒いな、と独りごちて、一郎太は襟元をかき合わせた。

――きっと志乃は、俺たちを案じておるだろう……。

今朝、店を訪れた一郎太から、一通の文を天栄寺に持っていくように頼まれ、いったい何事なのか、と志乃は思ったであろう。今も、一郎太や藍蔵が無事なのか、気を揉んでいるのではあるまいか。

――俺たちの変わりない姿を、志乃に見せておいたほうがよかろう。

よし、と心中で一郎太はうなずいた。

「藍蔵、今から槐屋に行こう」

後ろに目をやり、一郎太は藍蔵をいざなった。

「おっ、まことでございますか」

一郎太を見て、藍蔵が破顔する。

「それがしは、うれしくてなりませぬ。夕餉もいただけるかもしれませぬし……」

——今宵の夕餉は、いらぬと志乃にいってしまったが……。

俺たちが行けば用意してくれるかもしれぬ、と一郎太は考えた。もっとも、藍蔵が喜んでいるのは、夕餉よりも志乃に会えるからであろう。顔を転じ、依子どの、と一郎太は呼びかけた。

「今から、俺たちが世話になっている家に行こうと思うのだが、構わぬか」

「もちろんです」

にこりとして依子が答えた。その笑顔に邪気のようなものは感じられない。

「済まぬな」

「いえ、とんでもない」

あわてたように依子がいった。

「私こそ、月野さまのもとに勝手に押しかけたようなものですから……」

風が強さを増して吹きつけてきた。

——腹が減っていると、ひときわ寒さが身に染みるな。

空腹が募り、一郎太は耐えがたいほどになっている。考えてみれば、槐屋で朝餉を食べたあと、なにも腹に入れていない。

——勝負に熱中していた俺はまだよいが、藍蔵には申し訳なかったな……。

「藍蔵、済まなんだ」

唐突に一郎太に謝罪されて、えっ、と藍蔵が目を見開く。

「月野さま、いきなりどうしたのですか」

そのわけを一郎太は話した。それを聞き、藍蔵が苦笑する。

「確かにそれがしは信じられぬほど空腹でございますが、昔の人はもともと昼餉を食さなかったらしいですし、一食を抜いたくらいでは、なんともありませぬ」

かかか、と藍蔵が白い歯を見せて笑った。

「だが、そなたは俺以上に食いしんぼだからな。腹が減りすぎて痛くはないか」

「別にそんなことはありませぬ」

口元に笑みを浮かべて藍蔵が答えた。

「それならよいのだが……」

「これも次の食事をおいしく食するための苦行と考えれば、なんともありませぬ」

「いま苦行といったか。藍蔵、やはり苦しいのではないか」

はあ、と藍蔵が情けない声を出した。

「やはり、空腹というものは、なかなかに耐えがたいものでございますな……」

さすがに自分をこれ以上はごまかしきれず、藍蔵は本音を口にしたようだ。

――まことと、槐屋でなにか食べさせてもらえればよいが……。

いつもの豪勢な夕餉でなくとも、まったく構わない。湯漬けでも十分だ。おそらく藍蔵も同じだろう。

――もしそれが叶わぬなら、どこか食べ物屋に入ればよいな。まだ六つにもなっておらぬ。食べ物屋はいくらでもやっていよう。

冷たい風に吹かれつつ歩いていると、暮れ六つの鐘が鳴った。それが鳴り終わる頃に、一郎太たちは槐屋の前に立った。

槐屋は、店を閉めようとしている最中だった。戸締まりのためか手代の参次が外に出ており、風に流れてきた紙くずを拾い上げた。

「参次――」

すぐさま近づき、一郎太は声をかけた。参次がこちらを向き、笑顔になった。

「ああ、月野さま、神酒さま」

一郎太たちの後ろに見知らぬ武家娘がいるのに気づき、参次が少しだけいぶかしげな表情になった。

「志乃に会いたいのだが、おるか」

「はい、いらっしゃいます。では、手前がご案内いたします」

「その前に参次、よいか。この女性は、依子どのという」

ここで曰(いわ)くを告げる要はあるまい、と一郎太は考えた。

「あっ、はい、依子さまでございますね。手前は参次と申します。この店で手代をつとめております。どうぞ、お見知りおきを」

依子に向かって参次が頭を下げる。

「参次さん、こちらこそ、よろしくお願いいたします」

鷹揚(おうよう)な口調で返し、依子が会釈した。

参次の先導で、一郎太たちは店の中に入った。内暖簾(うちのれん)を払って、廊下を奥に進む。味噌汁(みそしる)の残り香らしいものが漂っている。

商家とは思えない建物の広さに、依子が目をみはっているらしいのに一郎太は気づいた。

――このあたりは、いかにも娘らしい顔立ちをしておるな……。

角部屋の前で、参次が立ち止まった。ここが徳兵衛の部屋であるのを、一郎太は知っている。腰高障子(こしだかしょうじ)に、中の明かりが映り込んでいた。

「旦那さま――」

腰高障子越しに参次が声をかけると、応(いら)えがあった。

「その声は参次だね。どうかしたのかい」

「月野さま、神酒さまがいらっしゃいました」

「えっ、そうかい」

すぐに腰高障子が横に滑った。敷居際に徳兵衛が端座（たんざ）している。

「ああ、月野さま、神酒さま、ようこそいらっしゃいました」

依子を見て徳兵衛が、おや、という顔になった。

「こちらの女性は、依子さまとおっしゃるそうでございます」

参次が徳兵衛に紹介する。

「依子さまでございますか。手前は徳兵衛と申します」

依子に向かって、徳兵衛が深く辞儀する。徳兵衛、と一郎太は呼びかけた。

「依子どのはちと訳ありでな、志乃もまじえて話をしたいのだが……」

一郎太は徳兵衛に申し出た。

「わかりました。では、お三人はこちらにお入りくださいませ。参次、志乃を呼んできてくれないか」

「承知いたしました」

一礼して参次が廊下を歩き出す。一郎太たちは敷居を越え、徳兵衛の部屋に入った。

八畳間で、大きめの文机（ふづくえ）が一つ鎮座していた。その上に帳簿が置いてあった。

　腰高障子を閉めた徳兵衛が、押し入れから三枚の座布団を出してくれた。一郎太は遠慮なく座した。一郎太を挟んで、藍蔵と依子が端座した。背筋がぴいんと伸びた依子の姿は、一郎太に美しく見えた。

「お竹の具合はどうだ」

　依子について話をする前に、一郎太はお竹の様子をたずねた。

「今日一日ずっと寝ていましたが、顔色はだいぶよくなっております」

　それを聞いて一郎太は深い安堵を覚えた。

「食事はどうだ」

「まださほど食べられませんが、昨日よりも箸は進みましてございます」

「それはよかった」

　一郎太の口から小さな息が漏れ出た。

「徳兵衛、あとでお竹に会わせてもらってもよいか」

「もちろんでございますよ」

　徳兵衛が肯んじたとき、志乃がやってきた。一郎太たちに挨拶し、徳兵衛の横に座した。

　志乃が一郎太と藍蔵の元気そうな顔を見て、ほっとした表情になった。一郎太の隣で、藍蔵が幸せそうに笑っている。

——志乃に関しては、これで用が済んだようなものだな……。

「月野さま、今朝のご依頼の件ですが、おっしゃる通りにしてまいりました」

「それはかたじけない」

感謝の意を述べた一郎太は、依子を志乃に紹介した。志乃の目が依子に向く。

「依子さまでございますね。私は志乃と申します」

依子に丁寧にいって、志乃が低頭した。

「志乃さん、こちらこそよろしくお願いいたします」

にこやかにいって依子が軽く頭を下げる。それを見て、一郎太は軽く咳払い(せきばら)いした。

「お互いの紹介は済んだな。実は、この依子どのは、安藤坂上の池田山城守どのの姫君なのだ」

依子の素性と連れてきた経緯を、一郎太は二人に伝えた。

「えっ、さようでございますか」

徳兵衛と志乃が、同時に瞠目(どうもく)した。このあたりはさすがに親子で、驚きの表情がよく似ていた。

「あの、安藤坂上の池田さまというと、五千五百石のご大身(たいしん)でございますね」

「徳兵衛、よく知っておるな」

「ええ、知り合いからお名をうかがっておりますので……」

「実は池田家では、月に二度、賭場が開かれておってな」

それを恥じるかのように依子がうつむいた。

「そのようでございますな」

徳兵衛が同意してみせる。

「徳兵衛、それも知っておったか」

「はい。池田さまの賭場についても、知り合いより耳にしておりまして」

その知り合いというのは、と一郎太は思案した。

——池田家の賭場を、贔屓にしている一人かもしれぬ。

「その知り合いは、池田家の賭場によく足を運んでおるのか」

「ええ、どうもそのようでして」

うなずいた徳兵衛が、うかがうような目で依子を見た。なにか思惑がありそうな眼差しに、一郎太は感じた。

——依子どのについて、徳兵衛はなにか思うところがあるのか……。

「徳兵衛は池田家との付き合いはないのだな」

確かめるように一郎太がいうと、はい、と徳兵衛が答えた。

「池田さまとうちとのあいだに、お付き合いはございません」

そうか、といって一郎太は事の次第を話してきかせた。徳兵衛が依子に向き直る。

「お父上から縁談を無理強いされて、お屋敷を逃げ出されたとうかがいましたが、依子さまは行き場をなくしておいでなのでございますね」

「はい、その通りです」

徳兵衛を見つめ返して、依子がこくりと首を上下させた。

「ならば依子さま――」

真摯（しんし）な顔つきで徳兵衛がいった。

「しばらくこの家に滞在なされますか」

「えっ、よろしいのですか」

目を丸くして依子がきき返す。一郎太もそれには驚きを隠せなかった。藍蔵も面食らったようだ。

「徳兵衛、よいのか」

即座に一郎太は確かめた。

「もちろんです」

にこりとして、徳兵衛が一郎太を見る。依子さま、と呼びかけた。

「実は、今ここにはお竹という娘もおりましてな。歳（とし）は、依子さまより二つ、三つ下でしょうか。できれば依子さま、お竹ちゃんの相手をしてあげてくれませんか」

「そのくらい、お安い御用です」

徳兵衛を見つめて依子が快諾する。

「ありがとうございます」

「徳兵衛、まことによいのか」

一郎太は重ねてきいた。

「当然でございますよ」

結局はこれも先延ばしに過ぎぬが、と一郎太は思った。

――数日この家に逗留して、どうすればよいか、依子どのが決めればよいか。

依子まで預かってもらうのは一郎太にとってありがたくてならないが、徳兵衛に申し訳ないという気持ちも同時にわき上がってくる。自分が余計な真似をしなければ、徳兵衛に面倒をかけるような仕儀には到らなかった。

「依子どの――」

声に厳しさをにじませて、一郎太は呼びかけた。

「この先、ずっと槐屋に世話になるわけにはいかぬぞ。おのれの処遇は、自ら決めねばならぬ」

「はい、よくわかっております」

依子がかしこまって答えた。依子どのは、と一郎太は思った。

――結局のところ、池田屋敷に戻るしか道はないのではないか……。

「依子さま、この家にしばらくいらっしゃるにしても、その形はさすがに目立ちますな。まったく外に出ないのならそれでもよいのですが、多分そういうわけにもまいりませんでしょう。依子さまには、着物を着替えていただきましょうか」

「ええ、ですが、着替えといわれても……」

「それはこちらで用意いたします」

徳兵衛が、こほん、と咳払いをした。

「さて、話はまったく変わりますが、月野さま、神酒さま、依子さま。今年はことのほか、栗の出来がようございましてな……。今宵の夕餉は、栗ご飯でございました。もちろん、この志乃のつくったものにございますが、もし小腹でも空いておられましたら、今からいかがでございましょう」

「えっ、まことか」

正直、一郎太は栗ご飯がさほど好きではないが、槐屋が供してくれるものなら、出来がちがうのではないかという期待があった。

——思っていたよりもずっと素晴らしい食事にありつけるかもしれぬ。

自然に一郎太の胸は高鳴った。

「実をいうと、こちらで朝食をいただいてから、なにも食べておらぬのだ」

「えっ、さようにございましたか。ならば、お腹がぺこぺこでございましょう」

「まったくその通りだ」

　一郎太は大きくうなずいた。

「依子さまは、いかがでございますか」

「実は、私も空いています。今日一日、ほとんど食べておらぬものですから……」

　さようでございますか、と徳兵衛がいった。

「志乃。すぐに支度しなさい」

「わかりました」

　自分がつくった栗ご飯を藍蔵に食べてもらえるのがうれしいのか、笑みを浮かべて志乃が立ち上がり、部屋を出ていった。

　さほど待たずに栗ご飯が供された。膳の上に、豆腐の味噌汁と栗ご飯、漬物の小皿があった。柔らか目に炊かれた飯は、まだほのかにあたたかかった。

　ほどよい甘さの栗はほっこりとしており、昆布だしの利いた飯と、よく合っている。ほんのりと塩気が感じられ、それが栗の旨(うま)みをよく引き出している。

「こいつはうまい」

　さすがに槐屋というしかない。

「これは今まで食べた中で、一番おいしい栗ご飯ですな」

　じっくりと咀嚼(そしゃく)した栗ご飯をごくりとのみ込んで、藍蔵も絶賛した。それを聞いて、志乃がうれしそうに笑う。

「お褒めいただき、ありがとうございます」

箸をしきりに動かしながら依子が、感服したといいたげな顔になった。

「これを志乃さんがつくったのですか」

「さようです」

「見事な料理の腕をお持ちですね。志乃さんは独り身ですか」

「えっ、ええ」

いきなりいわれて、志乃は戸惑いを覚えたようだ。

「決まった人はいるのですか」

「それは許嫁（いいなずけ）という意味でしょうか」

「はい」

「そういう人はいません」

「好きな方は」

「えっ」

ちらりと目が動き、志乃が藍蔵を見る。それに依子は気づかなかったようだ。

「それはともかく、志乃さんもいつかは殿方と一緒になるのでしょう。その殿方はとても幸せですね」

志乃を見つめ、依子がにっこりと笑んだ。

「はい、ありがとうございます」

恐縮したように志乃がうなずいた。

その後、夕餉を食べ終えた一郎太たちは連れ立って、お竹がいる部屋の前に行った。

明かりは灯(とも)っていない。腰高障子越しに、穏やかな寝息が聞こえてきた。

「どうやら、ぐっすりと眠っているようだな。お竹の顔を見るのは明日にするか」

ささやき声で一郎太は徳兵衛にいった。

「それがよいかもしれません」

――わざわざお竹を起こすのも忍びないゆえな……。

一度、一郎太と藍蔵は槐屋の厠(かわや)を借りてから、廊下を店表に向かった。

細長い三和土(たたき)で雪駄(せった)を履いて一郎太は、そこまで一緒についてきた徳兵衛と志乃、依子に別れの挨拶をした。

「では、明朝またまいる。徳兵衛、依子どのをよろしく頼む。志乃、明朝は呼びに来んでよいぞ。勝手に来るゆえ」

「はい、承知しました」

明るい声で志乃が答えた。徳兵衛に戸を開けてもらい、まず先に藍蔵が外に出た。

藍蔵の手招きが見え、すぐに一郎太も戸をくぐり抜けた。

「寒いゆえ、そのまま、そのまま」

見送りに出ようとする徳兵衛を制して、一郎太は告げた。先ほどと変わらず風が強く、砂埃（すなぼこり）を激しく巻き上げているのが、戸口から漏れる明かりでうっすらと見えた。

「では、これで失礼する。徳兵衛、依子どのをよろしく頼む」

改めて徳兵衛にいい置いて一郎太は、手際よく提灯（ちょうちん）を灯した藍蔵とともに歩き出した。根津の家を目指す。風が強いわりに雲が上空を覆っているのか、月も星も見えず、夜がひときわ暗く感じられた。

——羽摺りの者は姿を見せぬか。

今晩のように人けのない晩なら、襲撃するのに好都合であろう。いつでも刀を引き抜けるように身構えつつ、一郎太は道を歩いた。

何事もなく根津の家に着き、藍蔵が板戸の解錠をした。中の気配を嗅ぎ、誰も待ち構えていないのを確かめて、一郎太と藍蔵は家に足を踏み入れた。

「では、寝るとするか」

手水場（ちょうずば）で顔と手を洗って、一郎太は藍蔵にいった。

「はい、そういたしましょう」

廊下を歩いて、一郎太と藍蔵はそれぞれの部屋に入った。一郎太は部屋の行灯（あんどん）を灯し、愛刀を刀架に置いた。搔巻（かいまき）を着て、敷きっぱなしの布団に横になり、枕に頭を預けた。

目をつむると、隣の部屋から藍蔵のいびきが聞こえてきた。なんと、と一郎太は思った。

――相変わらず、恐ろしいまでの寝つきのよさよ……。

一郎太も寝つきは悪くはないが、藍蔵にはとうてい及ばない。

――体の疲れを取るのには、睡眠より優れたものはない。

行灯を吹き消し、目を閉じる。藍蔵のいびきが少しうるさく感じられた。寝返りを打つ。すると、一つの光景が頭に浮かんできた。

――あの身ごなしはいったい……。

安藤坂近くの河岸で、依子が猪牙舟に飛び移ってきた際の光景を、一郎太は思い出している。あのとき猪牙舟はかなり揺れたが、依子は体勢をほとんど崩さなかった。

――よほどの鍛錬をせぬと、あのような真似はできぬ……。

実際、お艶は舟から落ちかけたのだ。

――まことに池田家の姫なのか……。

羽摺りの者ではないかとの思いが、一郎太の頭をかすめていく。

とにかく、と一郎太は思った。油断は禁物である。明日、朝餉のときにでも依子の様子をじっくり見てみようと決意した。

二

不意に鐘の音が聞こえてきた。

はっ、として徳兵衛は目を開けた。眠ってしまっていたか、と思い、目をごしごしとこすった。文机から面を上げ、鐘の音の聞こえるほうへと目を向ける。

——明け六つの鐘だな……。

今朝も七つ半には起き出し、徳兵衛は行灯を灯して文机に向かっていた。昨晩、すべてを終わらせられなかった帳簿の照らし合わせを、行っていたのだ。

二つの帳簿におかしなところはなく、安堵の思いを覚えたら、いきなり睡魔に襲われたのである。

——しかし、このくらいで眠ってしまうとは、わしも疲れているのだな……。歳を取ったということだ。

店の戸が開く音が伝わってきた。顔を転じ、徳兵衛は店のほうに目をやった。

——そういえば、じきに月野さまたちがいらっしゃるな。

ふと、味噌汁の香りが腰高障子を突き抜けるようにして漂ってきた。よいにおいだ、と思いつつ、今度は台所のほうに顔を向けた。

──毎日、志乃はよくがんばってくれておるな……。

徳兵衛や鬼一たちのためだけでなく、奉公人たちにも食事を供しているのだ。頭が下がる。徳兵衛自慢の娘である。

──昨日、依子さまもおっしゃっていたが、いつかは志乃も嫁に行くのであろう。

志乃が藍蔵を好いているのは、徳兵衛にもわかっている。

──神酒さまは実によいお人柄だ。志乃が一目惚れに近い形で惚れたのも、よくわかる。

しかし、婿となると、話は別である。なんといっても、槐屋を継ぐ人物でないとならないのだ。

──月野さまが信頼を寄せているから、信用できるお方なのはまちがいない。この店に入れば、身を粉にして働いてくれよう。

──だが、あるじとしてどうなのか……。

正直、徳兵衛にも、まだ藍蔵という人物の見極めはついていない。

──志乃が好きな人なら構わないかな。

そういう気もしないではない。そのほうが志乃も幸せになれるだろう。

考えてみれば、別に大店のあるじが店を切り盛りする要はないのだ。店はすべて奉公人に任せ、自身は町内の行事に関わったり、住人のために働いたりするのが美徳とされている。

――月野さまなら、槐屋を文句なしにお任せしてもよい……。

ふと頭に浮かんできた考えを徳兵衛は、すぐに振り払った。

――それでは、あまりに神酒さまに失礼ではないか。

鬼一と藍蔵は明らかに主従であり、二人とも前はれっきとした武家だったのは疑いようがない。今の浪人のような形も、かりそめの姿に過ぎないのであろう。

徳兵衛と知り合ってまだ日が浅い頃、藍蔵が、雄温院さま、と不用意に口にした。雄温院とは、紛れもなく諡号である。

徳兵衛には、雄温院という諡に心当たりはなかった。ただ、それが鬼一の父親ではないかという気がしないでもない。

その諡が誰のものなのか、調べようと思えば、造作もない。だが、その気はなかった。いつかきっと、鬼一が話してくれるはずだからだ。

そのとき、外のほうから人のざわめきが聞こえてきた。奉公人たちの明るい声が徳兵衛の耳に届く。

鬼一と藍蔵がやってきたようだ。槐屋の奉公人たちは、鬼一を心から慕っている。むろん藍蔵のことも大好きである。

――もちろん、わしも月野さまを慕っている一人だが……。

鬼一と一緒にいると、気持ちが自然に弾んでくるのだ。人を惹きつけるなにかが鬼一にはある。

——それは持って生まれたもので、あとから身につくようなものではあるまい……。

すっくと立ち上がった徳兵衛は腰高障子を開け、廊下に出た。ちょうど鬼一と藍蔵が、こちらに歩いてくるところだった。

鬼一と藍蔵に挨拶しようとして、あっ、と声を漏らして徳兵衛は立ちすくんだ。鬼一の全身が、光り輝いているように見えたからだ。

——まるで、後光が差しているようではないか……。

まことに後光なのではないか、と徳兵衛は感じた。

「おはよう、徳兵衛」

にこやかな顔で鬼一が声を投げてきた。しかし、徳兵衛は咄嗟に返事ができなかった。

「徳兵衛、どうかしたか」

気にかかったように鬼一がきいてきた。

「あっ、いえ、なんでもありません」

かぶりを振って徳兵衛はしゃんとした。

「月野さま、神酒さま、おはようございます」

鬼一の前に立ち、徳兵衛は辞儀した。

「おはよう、徳兵衛」

改めて鬼一がいった。藍蔵が丁寧に低頭してくる。

——月野さまは、お声もよいな。

鬼一は、温かく包み込むような声をしているのだ。

——これにも、わしは惹きつけられているのかもしれん……。

台所横の部屋にいた志乃も、鬼一たちの声を聞きつけたか、廊下に出てきた。鬼一たちと挨拶をかわす。

「依子さまとお竹ちゃんは、もうお膳の前に座っていらっしゃいます」

志乃が鬼一たちにいった。

「ほう、二人揃(そろ)ってか」

目をみはって鬼一が志乃にきく。

「さようです。依子さまは、昨晩、お竹ちゃんと一緒の部屋で寝ました」

「そうだったか。では、二人はもう仲がよくなっておるのだな。それは重畳(ちょうじょう)」

志乃の案内で、徳兵衛と鬼一、藍蔵も台所横の部屋に入った。ここでも、依子たちと明るく朝の挨拶がかわされた。

それぞれの膳の前に、鬼一と藍蔵が端座する。徳兵衛は鬼一の向かいに座した。

「さあ、お召し上がりください」

笑顔の志乃にいわれ、その場にいる全員が一斉に箸を取った。今日も豪勢としかいいようがない。

鯵の開きに玉子焼、納豆、わかめの味噌汁、梅干し、漬物だ。

「あの、毎朝、このようなものを召し上がっているのですか」

驚きの目をした依子が、鬼一にきいている。そうだ、と鬼一が肯定した。

「俺たちも最初は面食らったものだ。こうして食べていても、今もまだ信じられぬ……」

誰もが、志乃がつくった朝餉に舌鼓を打っている。お竹も依子も喜んで食べている。

「こんなにおいしい朝餉は、生まれて初めてです」

顔をほころばせてお竹がいった。頬のあたりに血色が戻ってきており、若い娘らしさがよみがえってきていた。

「私もよ」

依子がお竹に笑いかけた。

「依子さまもですか。本当ですか」

「本当よ。うちでは、こんなに豪勢な食事は一度も出なかった」

それはまことかもしれんな、と徳兵衛は思った。いくら五千五百石の大身といえども、無役の寄合では収入は限られている。養わなければならない家臣も多いし、姫だからといって贅沢はできないだろう。

しきりに箸を動かしつつ、おしゃべりしている依子とお竹を、鬼一が和やかな目で見ている。しかし、鬼一がときおり厳しい眼差しを依子に注いでいるのに、徳兵衛は気づいた。

――月野さまは、依子さまになにか感じておられるのだろうか。

それはいったいなんなのか。鬼一の一瞬の険しい目つきからして、なにか怪しんでいるのだろうか。

「ごちそうさま。ああ、うまかった」

何事もないかのような声で、鬼一が空の茶碗を膳にそっと置いた。おかわりはしなかった徳兵衛とは異なり、鬼一は二膳食べた。

大柄な藍蔵は、鬼一より多い三杯のおかわりをしてみせた。

「志乃、いつもと変わらずまことにうまかった。心から感謝する」

志乃に向かって、鬼一が礼を述べる。

「では徳兵衛、俺たちはこれで引き上げる。食事だけに来て、ろくに話もせぬのは申し訳ないが……」

「いえ、とんでもないことでございます」

徳兵衛から目を離し、鬼一がお竹を見る。

「お竹、元気になって本当によかったな。依子どのも明るい笑顔が戻ったようで、うれしく思うぞ」

「はい、ありがとうございます」

お竹と依子が、同じ言葉を鬼一に返した。

「では、これでな」

「はい。あの、月野さま。今宵は夕餉に来られますか」

志乃がきいた。鬼一がうなずく。

「そのつもりだ」

「わかりました」

笑顔で志乃が答えた。すっくと立ち上がった鬼一と藍蔵が、部屋を出ていく。藍蔵は名残惜しげだ。もっとこの場にいたいという顔に見えた。

鬼一と藍蔵を見送るために、徳兵衛は廊下に出た。志乃やお竹、依子も続こうとした。

「志乃、依子さま、お竹ちゃん。ここにいてください」

徳兵衛はやんわりといった。

「えっ、そうなの」

意外そうに志乃がいう。依子も思ってもいない言葉だったのか、よく光る目で徳兵衛をじっと見ている。お竹は、少し疲れたような顔をしていた。

「うむ。志乃は後片づけをするがいい」

「わかりました」

「依子さまとお竹ちゃんは、部屋に引き上げてもらってけっこうですよ」

いい置いて徳兵衛は、すでに廊下を歩き出していた鬼一たちに追いついた。

「徳兵衛、俺たちは勝手に帰るゆえ、見送らずともよいぞ」

鬼一にいわれたが、徳兵衛は素早く首を横に振った。

「いえ、そういうわけにはまいりません」

店表に着いた鬼一と藍蔵が、三和土で雪駄を履いて外に出る。

「では、徳兵衛。また夕刻にまいる」

「お待ちしております」

道を歩きはじめた鬼一と藍蔵を、徳兵衛は路上に立って見送った。

——月野さまは、依子さまについて、なにもおっしゃらなかったな……。

なにかいわれるのではないかと思ったから、徳兵衛は一人でついてきたのだ。

——依子さまに関して、何事か怪しんでおられるのかもしれないが、今はなにも確かな証拠がないのか……。

きっとそうなのだろう。徳兵衛の視界から鬼一と藍蔵の姿が消えた。店に戻った徳兵衛はいつものように仕事に励もうとした。だが、常とは異なり、気持ちが入らなかった。

――はて、どうしてだろう。

やはり依子を見ていた鬼一の眼差しが、気にかかっているからだろう。

――月野さまは、依子さまに、いったいどのような不審感を抱いたのだろう。

帳簿に目を落としつつ、徳兵衛は首をひねった。

――ふむ、依子さまか……。

顎を手でなでながら、徳兵衛は思案した。

――調べてみるか。

徳兵衛自身、依子になにか妙な感じを覚えているのだ。依子には、女らしいたおやかさが感じられない。武家の姫として躾を受けたら、あんな風にならないのではないか。一つ一つの物腰が、どことなく武張っている気がしてならない。

――武芸の鍛錬を受けた者が、姫に化けているのだろうか……。

とにかく、余人に任せるわけにはいかない調べになりそうだ。

まず文机の上に、一枚の紙を広げた。それに依子の顔を描いていく。

――これでよいか。

絵はさして得手ともいえないが、描き上げた人相書は悪くない出来に思えた。墨が乾くのを待って人相書を折りたたみ、懐にしまい入れた。

——よし、行くか。

立ち上がって徳兵衛は腰高障子を開けた。廊下には誰もいない。依子の姿もない。廊下を奥に進み、徳兵衛は台所で洗い物をしている志乃に声をかけた。

「志乃、ちと出かけてくる」

「で、どこに行くの、おとっつぁん」

洗い物の手を止めて、志乃がきいてきた。

「島田屋さんだ」

「島田屋さんね。ええ、わかった。いつ帰ってくるの」

そうさな、と徳兵衛は考えた。

「夕方には帰ってくる」

「わかった。お供はどうするの」

「一人で行ってくる」

「あら、そうなの」

「別に珍しくもあるまいよ」

「ええ、そうね」

店を出た徳兵衛は四半刻ほど歩いた。やってきたのは浅草阿部川町である。

一軒の商家の前で足を止める。屋根に掲げられた扁額には、麗々しく島田屋とある。建物の横に張り出している看板には、薬種と墨書されていた。

風に吹かれている暖簾に歩み寄ろうとして、徳兵衛は、おや、と思った。誰かに見られているような気になったのだ。

足を止め、あたりを見回す。だが、こちらを見ている者はいない。

――わしは気を高ぶらせているのだな。

「ごめんください」

暖簾を払って戸を開け、徳兵衛は広いとはいえない土間に入った。目の前に、腰の高さに設けられた畳敷きの広間が広がっていた。

広間の壁際に薬種がおさめられた薬棚がでんと鎮座するように立ち並んでおり、その前に座り込んで奉公人たちが薬の調合に励んでいた。繁盛している店だが、今は客らしい者が一人もいなかった。

「ああ、いらっしゃいませ」

内暖簾を払って出てきた手代の定二が徳兵衛に気づき、すぐさま寄ってきた。初めは薬を買いに来た客だと思っていたようだが、すぐに徳兵衛だとわかったらしい。

「あっ、これは槐屋さん」

大きな声を上げ、定二があわてて畳に端座する。

その声を聞いて薬棚の前にいた他の奉公人もびっくりしたらしく、泡を食うようにして徳兵衛に近づいてきた。全員が徳兵衛の前に座し、両手を畳に揃えた。

「これは槐屋さんと気づかず、まことに失礼いたしました。どうか、ご容赦ください」

筆頭番頭の鯨三が深々と頭を下げる。

「いや、鯨三さん、気にしなくていいよ。わしはほれ、こんなどこにでもある顔つきだから」

「いえ、槐屋さんがどこにでもある顔だなんて、とんでもないことでございます」

恐縮したように鯨三がいった。

「ところで鯨三さん。二右衛門さんはいらっしゃるかな」

「はい、まだいらっしゃいます。槐屋さん、いま客間にご案内いたしますので、どうぞ、お上がりになってください」

「まだいらっしゃるというのは、島田屋さんはお出かけになるのだね」

「おっしゃる通りですが、大丈夫だと存じます」

——島田屋さんが出かける前でよかった。

沓脱石で雪駄を脱ぎ、徳兵衛は広間に上がった。鯨三の案内で、内暖簾の先の客間に落ち着く。鯨三が出してくれた座布団を、遠慮なく使わせてもらった。

――ふう、やはり楽だな。

座布団というものは実にありがたい。畳にじかに座るのとでは、雲泥の差がある。

茶が出て徳兵衛が喫していると、腰高障子に影が映り込み、徳兵衛を呼ぶ声が腰高障子越しに聞こえた。

「ああ、島田屋さん」

湯飲みを茶托に戻して徳兵衛は応じた。

「槐屋さん、失礼いたしますよ」

腰高障子が開き、一礼して二右衛門が入ってきた。徳兵衛の前にゆったりと座る。所作からして、大店のあるじという雰囲気をあたりに漂わせている。この悠揚迫らぬところは是非とも見習いたいものだね、と徳兵衛は思った。

「お忙しいところ、急にお邪魔して、申し訳ありません」

「いえ、槐屋さん、手前は別に忙しくありませんよ。いつ訪ねてこられても大歓迎ですよ」

にこやかにいって、二右衛門が徳兵衛をじっと見る。

「とはいっても、今日はこれから出かけなければなりませんが……」

「ええ、鯨三さんから聞きました」

「しかし、急を要するわけでもないので、四半刻ほどなら、大丈夫ですよ」

「それは助かります」

徳兵衛は頭を下げた。

「四半刻もあれば十分ですので」

背筋を伸ばして、二右衛門がじっと徳兵衛を見てきた。まるで医者のような目である。

実際、二右衛門は医術に関しては、下手な町医者よりも造詣が深い。目を和らげると、うむ、と首を縦に動かした。

「槐屋さん、お元気そうでなによりだ」

合格したか、と徳兵衛は思った。

「島田屋さんも、とても若々しくてうらやましい限りです」

二右衛門はもう五十を過ぎており、いつ隠居してもよい歳だが、長男がまだ八つと幼く、店を譲るのはずっと先であろう。

最初の妻とは十五年ばかり前に死別し、十年前に後添えをもらった。長男を産んだのは、その後添えである。

商売は奉公人に任せ、二右衛門自身は町内の世話に精を出したり、好きな骨董に大金をはたいたりしている。博打にも、だいぶ励んでいるようだ。

島田屋は巡快散という精力を高める薬で江戸中にその名を知られて、大繁盛している薬種問屋だけに、遊ぶ金には、まず事欠かないだろう。

「槐屋さん、今日はどうされました」

「島田屋さんは、安藤坂近くの池田山城守さまとお付き合いがありましたね」

前に徳兵衛が池田家について話を聞いたのは、二右衛門からだった。

「ええ、お付き合いはありますよ。今のご当主の山城守さまがうちの巡快散をまとめて買ってくださいますので……」

それについても、前に二右衛門から聞いていた。池田山城守が賭場を開いているのは、巡快散ほしさではあるまいか、と徳兵衛は思った。巡快散は薬九層倍というくらいで、かなり高価だった。

「それで、池田さまがどうかしましたか」

うかがうような目で二右衛門がきいてくる。

「いえ、別にどうかしたとかではありません。池田さまには、娘御がいらっしゃいましたね」

「一人いらっしゃいます。依姫さまでございますよ」

「その依姫さまですが、おいくつですか」

「ええと、いくつくらいでしょうかな。三十はもう過ぎているはずですが……」

「三十過ぎですか。二十代半ばではありませんね」

「そこまでお若くはないですね」

「確か、いったん他家に嫁がれたのですね」

「さようです」

渋い顔で二右衛門がうなずく。

「嫁がれて五年たってもお子ができず、結局、離縁されてお屋敷に戻られたのです」

ふむう、と徳兵衛は心中でうなった。

――今うちにいる依子さまは若く見えるだけで、実は三十を超えているのだろうか。

とにかく、出戻りの依子という姫が、池田屋敷にいるのはまちがいないのだ。

――もしあれが本物の依子さまでなかったら、いったい何者だというのか。

鬼一に関係しているのは、疑いようがない。

――つまり池田さまの屋敷を逃げ出したのではなく、なにか目的があって、月野さまに近づいてきたというのか……。

徳兵衛には、そうとしか考えられない。

「島田屋さんはこの娘に見覚えはありますか」

懐から依子の人相書を取り出し、徳兵衛は二右衛門に見せた。手に取って二右衛門がしげしげと見る。

「いえ、知りませんな。どなたですか、この娘さんは。なかなかの美形ですが」

「手前の知り合いです。いま行方がわからなくなってしまいまして……」

「えっ、それは大変だ。手がかりはないのですか」

「今のところありません」

「さようですか……」

「ところで島田屋さん、この人相書の娘ですが、池田山城守さまの娘御の依子さまに似ているとは思いませんか」

二右衛門が唐突な問いかけに、何事かを呑み込んだかのように、かすかに顎を引いた。

「手前はお姫さまのお顔を一度も拝見してはいないので、そればかりはわかりかねます」

——賭場に、姫が顔を見せに出てくるはずもないか……。

二右衛門が、依子の顔を知らないのも無理はない。

——やはり、ここは池田屋敷に乗り込むしか手はないようだね。

「依子さまについて、島田屋さんはなにか噂を聞かれてはおりませんか」

「えっ、噂ですか」

「ええ。なんでもよいのです。お琴の名手だとか、お花を得手にしているとか……」

「茶の湯がお好きらしく、茶器に凝っているという話を聞いておりますよ」

「茶器ですか……」

「それがどうかしましたか」

「いえ、なんでもないのです」

にこりとして、徳兵衛は人相書を懐にしまい込んだ。

「池田さまのお屋敷では、ときおり賭場が開かれていますね」

残りの茶を飲み干し、湯飲みを茶托に戻した徳兵衛は話題を変えた。

「開かれておりますよ。ただし、槐屋さん、池田さまの賭場については、ほかの人には決して話さないでくださいね。もし賭場の噂が広がってしまったら、必ず公儀の手でお家は取り潰されてしまいますから」

どうやら心配は御家ではなく、賭場がなくなってしまうことにあるようだ、と徳兵衛は思った。

「池田さまの賭場は、よほど素晴らしいもののようですね」

「それはもう」

力強い口調でいい、二右衛門が大きくうなずいた。

「半月に一度しか開かれないのですが、江戸広しといっても、あそこは二つとない賭場でしょうな」

「一見さんは、入れないのでしょうね」

「さようです」

徳兵衛を見て二右衛門が首肯する。

「その上、少なくとも十両の持ち金がないと入れてもらえないとか」

「ええ、裕福な者しか相手にしていませんから。まあ、だからこそ、池田さまの賭場はかけがえないのですがね」

口元に笑みをたたえて、二右衛門が胸を張るようにいった。

「他の賭場とちがい、柄の悪い者は一人たりとも入れません。ですので、安心して勝負に打ち込めるのですよ」

「なるほど、そういうものなのですね」

「槐屋さんは博打をやらないのでしたな」

もったいないな、という顔で二右衛門がきいてきた。

「はい、しませんが、それほどの賭場なら、一度、見に行ってみたいですね」

「ならば、今からまいりますか」

いきなり二右衛門に誘われて、徳兵衛は腰が浮きかけた。

「えっ、今からですか。出かけようとなさっていたのは、池田さまの賭場だったのですか」

「実はそうなのです」

ほかに誰もいないのに二右衛門が顔を近づけ、声をひそめた。

「半月に一度だけではないのです。ときおり上得意だけを集めて、秘密の賭場が開かれるのです。それが、今日なのですよ」

「秘密の賭場ですか。それはまた、賭け金も高くなりそうですね」

おっしゃる通りです、と二右衛門がいった。

「少なくとも、五十両を所持していかなければなりません」

五十両とはすごい額だな、と徳兵衛は目をみはらざるを得なかった。

「島田屋さん、手前には今、それだけの持ち合わせがありません」

徳兵衛は溜め息をついた。

「槐屋さんは、勝負をする気はないのですな」

「ええ、見ているだけでけっこうです」

「でしたら、手前についてくれば、よろしい。わしの友垣で、池田山城守さまの賭場がどんな様子なのか、見学に来たという名目にいたしましょう」

「それはありがたい。島田屋さん、どうか、よろしくお願いいたします」

「お任せください。では槐屋さん、さっそくまいりましょうか」

よっこらしょ、といって二右衛門が立ち上がった。徳兵衛も続いた。

店の外に出る前に、二右衛門が奉公人に駕籠を二挺、呼ぶように命じた。

二右衛門に続いて徳兵衛が店の外に出た。別に眼差しを感じはしなかった。

——どうやら先ほどは、勘ちがいだったのだな。気を高ぶらせていたせいだ。

店の前に、二挺の辻駕籠がやってきた。二右衛門にいわれ、徳兵衛は後続の駕籠に乗り込んだ。

——島田屋さんは一人で賭場に行くつもりなのか……。

供の者は誰もついていない。賭場に行くとき、二右衛門はいつも一人なのかもしれない。

行きますよ、と先棒から徳兵衛に声がかかり、えっほ、えっほの声とともに動き出す。

上から垂れ下がっている紐を握りつつ、徳兵衛は考えた。

——あの依子さまがもし偽物ならば、やはり月野さまのお命を狙って近づいてきたとしか思えん。こいつは容易ならんな……。

いったい何者なのか。化けの皮を剝がしてやろうという気に、徳兵衛はなっている。だが、その前に本物の依子がどうしているのか、知る要がある。いま槐屋にいるのが偽の依子かどうか、確かめなければならない。

半刻もかからずに、駕籠は池田屋敷の前に着いた。駕籠を下り、徳兵衛は駕籠かきに代を払った。

目の前に立派な長屋門が建っている。向かいの眼下には、金杉水道町の町並みが見えていた。

足を踏み出した二右衛門が、長屋門のくぐり戸を叩く。門内から返事があり、長屋門の小窓が開いた。そこから二つの目がのぞき、二右衛門を見つめる。

「ああ、これは島田屋さん」

小窓が閉じられ、くぐり戸の閂が外される音が響いた。次いでくぐり戸が開き、門番らしい侍が顔を見せる。

「お待ちしておりました」

辞儀した門番の目が徳兵衛を見つめてくる。

「あの、そちらさまは」

「こちらは槐屋徳兵衛さんとおっしゃいまして、駒込土物店の差配をされているお方です」

「ほう、駒込土物店ですか」

「槐屋さんは手前の友垣でしてな、こたびは勝負をするつもりはないのですが、いずれこちらの賭場で遊びたいと思っておいでで して……」

「では、こたびは見学されたいとおっしゃるのですね」

「さようです」

「わかりました。どうぞ、お入りください」

ありがとうございます、と礼を述べて二右衛門がくぐり戸に身を沈める。徳兵衛もそのあとに続いた。徳兵衛の背後で素早くくぐり戸が閉まり、閂ががっちりと下ろされる。

目の前に別の侍があらわれ、こちらにどうぞ、といって二右衛門と徳兵衛の先導をはじめた。敷石を踏み、徳兵衛たちは母屋の玄関を目指した。

面を上げた徳兵衛は、この屋敷内に、と思った。

――ただならぬ感じは、まるで漂っておらんようだな。

大事な姫の行方が知れないというような雰囲気は一切ない。屋敷内は、武家らしい静謐さと落ち着きを保っている。

――やはりあの依子さまは、別人がなりすましているのだろうか……。

玄関から中に入り、廊下を進んだ徳兵衛たちは、虎の絵が描かれた襖の前で足を止めた。そこには四人の侍が座していた。賭場を警固する者たちであろう。

「どうぞ、お入りください」

最も年かさと思える侍によって、襖が静かに開けられる。中からまぶしいほどの光が、押し寄せてきた。

顔を伏せるようにして徳兵衛が中を見やると、おびただしい数の百目ろうそくが灯されていた。

――これは……。

徳兵衛は圧倒される思いだ。これほどまで多くの百目ろうそくを目にするのは、初めてである。広間が賭場になっているようで、優に八十畳ほどの広さがあった。盆茣蓙と呼ばれる場所に、十人ほどの男が座して、談笑していた。徳兵衛が数えてみると、九人いた。

そのうちの七人が商人か商家の隠居ではないかと思え、残りの二人は僧侶と侍だった。

九人とも、いかにも金回りがよさそうな身なりをしていた。二右衛門を含め、いずれ劣らぬ金持ちであるのは、まちがいなさそうだ。

――島田屋さんを含め、この十人が池田さまの賭場の上得意なのか……。

えっ、と徳兵衛が瞠目したのは、壺振りが女であるのに気づいたからだ。女は若く、ずいぶん色っぽい。

――あれだけ艶やかな女がさいころを振ってくれるのか。島田屋さんが、なにがあっても行きたいと思うはずだ……。

この賭場が繁盛せんわけがない、と徳兵衛は考えつつ、壁際に敷かれた座布団に腰を下ろした。他の座布団には、九人の客の供と思える者が座していた。

お酒を飲みますかと、そばにやってきた侍にきかれたが、徳兵衛は断った。

「あの、お茶をいただけますか」

「承知しました」

丁寧な口調でいって、侍が去っていく。

――島田屋さんが口を極めて褒めるわけだ。思っていたより、ずっと賭場らしくないのがよい。

鉄火場という感じは、まるでないのである。

――やろうと思えば、賭場もここまで変えられるものなのか。

徳兵衛は感嘆の思いを抱いた。

これから博打をはじめようとする上客たちに、酒を注ぐ女が何人かいる。身にまとっている落ち着いた色柄の着物が目に優しく、好ましかった。

二石衛門の到着で、池田家から誘われた客は賭場にすべて集まったようだ。二人の中盆（なかぼん）が、はじめます、と宣した。

その直後、空気がぴりっと引き締まり、さっそく勝負がはじまった。徳兵衛など端（はな）からいなかったものと思っているかのように、二石衛門は賽（さい）の目に集中しはじめていた。誰もが金を駒札（こまふだ）には替えず、小判がそのまま盆茣蓙の上で使われているのにも徳兵衛は驚いた。

――島田屋さんはあれだけ博打に夢中になって、商売に障りは出んのだろうか。まあ、手練の番頭や手代が揃っているから、なんら心配はいらんのだろうが……。

それよりも依子さまのことだ、と徳兵衛は思った。ちょうど茶を持ってきてくれた侍に、懐から取り出した人相書を見せる。

「あの、手前はちと人捜しをしているのですが、この女性に心当たりはありませんか」

えっ、とびっくりしたような顔になったものの、人のよさそうな侍は、人相書をじっくりと見てくれた。

「申し訳ないが、それがしは存じ上げませぬ」

やはりそうか、と思い、徳兵衛はぎゅっと拳を握り締めた。

「池田山城守さまのお姫さまに、この人相書の女性が似ているとの噂を小耳に挟んだのですが、いかがでしょう。こちらのお姫さまに似ておりますか」

「当家の姫さまに……」

意外そうな顔になり、侍が改めて人相書に目を落とす。すぐに首を横に振った。

「まるで似ておりませぬ」

「さようでございますか」

ええ、といって侍が人相書を返してきた。徳兵衛はそれを受け取り、懐にしまった。

「当家の姫さまとは、顔かたちがまったくちがいます」

こうまでこの侍がいい切るのなら、いま槐屋にいる依子は、本物ではない。それが今はっきりした。

——あの女は、やはり月野さまに近づかんがために、芝居を打ったんだな。

「こちらのお姫さまは、依姫さまとおっしゃいましたな。なんでも、茶器に凝っておられるとか……」

島田屋で二右衛門から聞いた話を、徳兵衛は持ち出した。

「さようでございます。依姫さまは茶器に目がございません」

穏やかな笑みとともに侍が答えた。

「でしたら、依姫さまは、茶器の買いつけに出られることはありませんか」

「依姫さまは滅多に他出されませぬ。今日も、おとなしくされておられます。よい茶器が入ったら、出入りの骨董商が持ってまいりますし」

「ああ、そういうものなのですね。手前も茶器が好きですが、骨董商が持ってきてくれるなど、滅多にありません」

これで用事は済んだといってよい。徳兵衛は賭場に眼差しを注いだ。今も二右衛門は勝負に熱中している。

な。

　――よし、引き上げるとするか。島田屋さんに先に帰宅すると、伝えたほうがよい
　そのとき尿意を催した。空の湯飲みを茶托に戻して、徳兵衛は立ち上がった。

島田屋でも茶を飲み、ここでも喫した。茶を飲むと、どういうわけか厠が近くなる。

「あの、厠に行きたいのですが」

目の前の侍に徳兵衛は申し出た。

「でしたら、ご案内いたします」

侍に導かれて賭場を出た徳兵衛は、外の廊下を歩いた。沓脱石の上に置いてある下駄を履き、庭の端に設けられている厠に入った。

用を足して厠を出た。徳兵衛を案内した侍は廊下にはいなかった。下駄を履いて徳兵衛が庭を歩き出したところ、いきなり横から声がかかった。

「槐屋、おまえはここでなにをしているのだ」

えっ、と声を漏らして徳兵衛は声の主を見た。すぐそばに、槐屋にいるはずの依子が立っていた。この賭場で働く女たちと同じ身なりをしている。

あまりに驚きが強すぎて、徳兵衛は心の臓がきゅっと痛くなった。

「ど、どうしてここに……」

つっかえつっかえたずねると、依子が口の端を引きつらせて笑った。これまで見せ

てきた上品な笑みとは、まったく異なるものだ。

――この女は依子さまなんかではない。やはり月野さまを狙う悪者だ。

徳兵衛は女をにらみつけようとしたが、足がひどく震え、目はただ泳いだだけだった。

――なんと情けない……。

徳兵衛は、ぎゅっと拳を握り締めた。依子を装う女が、冷笑とともにそんな徳兵衛を見据えてくる。

「あたしがここにいては、おかしいかい。あたしはここの娘なんだよ」

「大身旗本のお姫さまが、そんな身形で賭場にいるものか」

「娘が賭場を手伝ってもいいだろう」

「あんた、月野さまたちの猪牙舟に乗り込んできたときは、お父上が賭場をしているのがいやだといったそうではないか」

「ああ、確かにそんな言葉を口にしたね」

いうや、女がいきなり徳兵衛に手を伸ばしてきた。徳兵衛の胸を軽く突いたように見えたが、そうではなかった。女の手には一枚の紙が握られていた。

「あっ」

徳兵衛が懐に入れておいた人相書である。女が人相書を開き、目を落とす。

「これはなんだい」

目を上げ、女が徳兵衛をねめつけてきた。

「あたしの素性を調べるためだね」

納得したような声を女が発した。

「今朝、鬼一たちが家に帰っていくときだ。おまえのあたしを見る目が妙だった。おまえがなにか感づいたかもしれないって、あたしは思ったんだ。案の定だった」

「では、島田屋さんのところでわしを見ていたのは、あんただったんだな」

「そうさ。素人なのに、よくあたしの眼差しに気づいたものだ。おまえは武芸を習えば、そこそこの腕になれるかもしれぬ」

武芸を習うなど、これまでの人生で一度たりとも考えたことはない。

「あんた、いったい何者なんだ」

ごくりと唾を飲んで、徳兵衛は質した。今度はつっかえなかった。

薄笑いを浮かべて女が答えた。

「朱雀さ」

四神の一つだとは、徳兵衛も知っている。

「あたしは羽摺り四天王の一人だ」

「羽摺り四天王……。月野さまと関係があるのか」

「あるさ。あたしたちは、やつをあの世に送り込まなければならぬ」

「なにゆえそのような仕儀に……」

「いろいろあるのさ」

ふっ、と朱雀が酷薄そうな笑みを浮かべた途端、その姿がかき消えた。おっ、と徳兵衛は目をみはりかけたが、すぐにどす、という音を聞いた。脇腹に強烈な痛みを感じ、息が詰まった。

——これが当身か。

初めて食らった。呼吸ができない。死んでしまうのではないか、そんな恐れを抱いたが、その直後、脇腹の痛みがすっと引いていくのを徳兵衛は覚えた。同時に、目の前が暗くなっていく。

——ああ、わしは気を失おうとしているのだな。

そう解した直後、徳兵衛はなにも考えられなくなった。

三

朝餉の際、じっくりと顔を見てみたが、依子は屈託のない笑顔をしていた。

——あの明るい笑いだけを見ておれば、とても忍びには見えぬ。だが、忍びだけに化けるのは得手にしておるだろうし……。

依子が羽摺りの者かどうか、一郎太は確信がつかめなかった。

——あの身ごなしはやはり……。

一郎太は、どうすれば依子の調べがつくか落ち着いて思案するために、いったん家に引き上げた。

——それは悪手だったのではないか。

依子から、目を離さぬほうがよかったのではないか。

なにしろ、いま羽摺りの者とおぼしき者が槐屋にいることになるからだ。いったいなにをやらかすものか、考えるだに恐ろしい。

——今すぐに、槐屋に行くべきではないか。

だが待て、と一郎太は自らを制した。

——やつらの狙いは俺だ。槐屋の者を害したところで、なんの意味もなかろう。

心がないといわれる忍びでも、さすがにそこまでの無茶はしないのではないか。

ふむう、と一郎太は太い息を吐き出した。

「月野さま、どうかされましたか」

隣の間から、襖越しに藍蔵がきいてきた。

「どうかしたかとは、藍蔵、それはどういうことだ」

隣の間に顔を向け、一郎太は声を発した。

「いえ、なにやら月野さまのうなり声が聞こえてきたものですから」

「なにっ」

またしてもか、と一郎太は思った。天栄寺で住職の報賢に伊吹勘助、進兵衛父子の供養をしてもらったばかりだが、そのときにも、自分は知らずにうなり声を上げていたようなのだ。

――俺は、なにか病に冒されているのではないか……。

「月野さま、襖を開けてもよろしゅうございますか」

「ああ、構わぬ」

失礼いたします、という声がし、襖が開いていく。藍蔵が、敷居際に端座していた。

「今の月野さまの声は、ずいぶんと苦しそうでしたぞ」

「そうか……」

眉根を寄せて一郎太は考え込んだ。

「なにゆえ、俺はおのれでも気づかずにうなるのか……」

「なにか気がかりがあるゆえにございましょう。月野さま、今はいったいなにが心を騒がせているのでございますか」

「藍蔵にはわからぬか」

「もしや、依子どのではございませぬか」

瞳を光らせて藍蔵がずばりといった。ほう、と一郎太は目を見開いた。

「藍蔵、よくわかるな」

はっ、と答えて藍蔵がかしこまった。

「昨日、猪牙舟に飛び乗ってきた際の身ごなしは、尋常のものではありませぬ。それゆえ、依子どのについては、それがしも妙だとは思っておりました」

「そうか、やはり藍蔵も気づいていたか」

はい、と藍蔵がうなずいた。

「ただ、もし依子どのに武芸のたしなみがあれば、あの程度の身ごなしは、さほど難儀なこととはいえませぬ」

「あの身ごなしが鍛え上げた武芸のたまものであるとしたら、依子どのはかなりの腕の持ち主だといえよう」

「おっしゃる通りでございます」

「相当の腕の持ち主か……。やはり羽摺りの者と考えるほうがよいのか」

「依子どのを調べてみますか」

うむ、と一郎太は顎を引いた。

「だが、どんな手立てを取れば、調べられるものか」

「池田屋敷に出入りしていたお艶どのに依子どのについてきくのが、よいのではありませぬか」

いや、といって一郎太はかぶりを振った。

「昨日のあの様子からして、お艶も依子どのとは初めて会ったようだ。ろくに知ってはおるまい」

「ああ、そうかもしれませぬ」

「池田屋敷に行って、きいてみるか」

顔を上げ、一郎太は藍蔵に提案した。

「屋敷に赴けば、依子どのに関してなにかつかめるのではあるまいか」

「それがよいかもしれませぬが、月野さま、池田屋敷に行く前に、人相書を描いておくと、よいかもしれませぬ」

「それはよい考えだ」

一郎太は膝を打った。

「池田家の者をつかまえ、このような姫がおらぬか人相書を見せて、たずねるのが最も手っ取り早いものな」

「善は急げといいます。月野さま、人相書を描きましょう」

「よし、そうしよう」

手際よく藍蔵が、一郎太の文机の上に墨と紙と筆を用意した。どうぞ、と一郎太を促してくる。

うむ、といって一郎太は文机の前に座し、依子の顔を頭に思い描きつつ、筆を走らせていった。特別画才があるとはいえず、六、七枚を反故にしたのち、なんとか満足いくものを描き上げた。

ふう、と息をつき、一郎太は額の汗を手の甲で拭った。

「思ったよりもずっと時がかかったが、藍蔵、これでどうだ」

文机の上の人相書に、身を乗り出してきた藍蔵が真剣な目を当てる。

「実によい出来だと存じます。依子どのに、よく似ております」

「うむ、まあ、うまく描けたか」

「はい、お見事でございます」

にこやかにいって藍蔵がいざなってきた。

「では月野さま、まいりましょうか」

「そうしよう。依子どのは今も槐屋におる。一刻も早く調べ上げ、あの娘の正体をはっきりさせるのがよかろう」

墨が乾いているのを確かめた一郎太は人相書を折りたたみ、懐にそっとしまい入れた。立ち上がろうとしたが、顎に手を当て、頭を巡らせた。

「池田屋敷に行く前に槐屋に寄り、なにも起きておらぬのを確かめるべきだな」

「ああ、さようでございますね。そういたしましょう」

戸締まりをしっかりしてから、一郎太たちは根津の家をあとにした。

「おや――」

向こうから駆けるように歩いてくる娘に気づき、一郎太は首をひねった。

「あれは志乃ではないか……」

一郎太にいわれて藍蔵がじっと見る。

「ああ、本当だ」

ほっとしたらしい藍蔵が、弾んだ声を発した。だが、すぐに気がかりそうな顔になる。

「なにかあったのでしょうか。難しい顔をしているように見えます」

「確かにそうだな……」

すぐさま一郎太たちは足を速めた。志乃が一郎太たちに気づく。

「あっ、月野さま、神酒さま」

一郎太たちに呼びかけて、志乃が足を止めた。一郎太と藍蔵も立ち止まった。

「どうした、志乃。なにかあったのか」

間髪（かんはつ）を容（い）れずに一郎太は質した。

「あの、お竹ちゃんが買物に出たきり戻らないのですが、そちらに行ってないですか」

「いや、来ておらぬ……。お竹は買物に出たのか」

ききながら一郎太は眉根を寄せた。

「はい。私がちょっと買物に行ってくるねといったら、お世話になりっぱなしだから自分が行く、とお竹ちゃんがすがるような目をしていったのです」

「うむ、それで」

「外は危ないからと私は強く止めたのですが、お竹ちゃん、どうしても出たいといい張って。家の中にずっといると、息が詰まってどうしようもないからって。私もかわいそうに思って、しかも買物先がほんの近所だったので、つい」

辛そうな顔になり、志乃がうつむく。

「外の風に当たりたいというお竹の気持ちもわからぬではない」

近所に出たお竹がなにゆえ槐屋に戻らぬのか、と一郎太は考えた。

――やはり鵜の目鷹の目の女郎屋の者に見つかったというのが、最も考えやすいな。

それとも、この行方知れずにはもしや依子どのが関わっておるのか。

考えられないでもないが、なにゆえ依子がお竹をかどわかすのか。そのわけがさっぱりわからない。

「して、依子どのは、お竹と一緒ではないのか」

新たな問いを一郎太は志乃にぶつけた。

「いえ、一人で出ていきました。ですから、依子さまと一緒ではないと思うのですが……」

──では、お竹はやくざ者どもに連れ去られ、今はもう女郎屋に連れ戻されているのではないか。

「志乃、お竹の部屋は見に行ったか」

「はい、行きました。でも、お竹ちゃんはいませんでした」

「そのとき、依子どのは部屋にいたか。お竹と一緒の部屋にいると聞いたが」

「いえ、いらっしゃいませんでした」

「そうか……」

依子どのは今どこでなにをしているのか。お竹の行方知れずに、やはり関係しているのだろうか。

とにかく、と一郎太は思った。お竹の行きそうな場所を一つずつ潰していくのがよいのではないか。

「買物先には行ったのか」

「はい、大福を売っている店ですが、店の人にきいたら、お竹ちゃん、買いに来たようなんです。私、大福を女三人でおしゃべりしながら食べたら、おいしいかと思って……」

志乃は泣き出しそうな顔をしている。

「志乃、お竹が働いていた女郎屋がどこにあるか、聞いておるか」

一郎太はたずねた。

「聞いています。あの、やはりお竹ちゃん、連れ戻されてしまったのでしょうか」

「それを確かめてくる。志乃、場所を教えてくれ」

はい、と志乃がいった。

「お竹ちゃんは、祥雲寺門前町にあるって、いっていました」

祥雲寺門前町だと、と思い、一郎太は首をかしげた。その町名は、これまで聞いた覚えがない。

「志乃、その町はどこにある。ここから近いのか」

「祥雲寺という寺は伝通院の東側にあります」

「伝通院か、安藤坂も近いな……」

神君徳川家康の生母、於大の方の墓所がある大寺である。ここから、さほど遠くはない。歩いて、せいぜい四半刻もかからないのではあるまいか。

門前町というくらいだから、祥雲寺がわかれば、必ずたどり着けよう。

「わかった。その祥雲寺門前町に、お竹が働いていた女郎屋はあるのだな」

一郎太は念を押した。

「はい、お竹ちゃんからはそう聞きました」

「志乃、女郎屋の名も聞いているか」

「確か陽葉里屋(ひばりや)といったはずです」

「陽葉里屋か……」

これはまた凝った名をつけたものだ、と一郎太は思った。顔を転じ、藍蔵を見る。

「藍蔵、道はわかるか」

「もちろんです」

胸を張って藍蔵が答えた。

「だいたいの見当はつきます。志乃どの、確か御掃除町(おそうじまち)の近くでしたな」

「はい、その通りです」

藍蔵を見て、志乃がうれしそうに首肯する。

「よし、藍蔵。お竹の人相書も用意してまいろう」

「承知いたしました」

「志乃は槐屋に戻るがよい」

「わかりました」

藍蔵の先導で一郎太は歩き出そうとしたが、すぐにとどまった。

「藍蔵、ちょっと待て」

はっ、と答えて藍蔵が立ち止まる。

「志乃、依子どのの姿を見なかったといったが、今なにをしているかわかるか」

一郎太にきかれて、志乃が首をひねる。

「いえ、わかりません。店にいるのではないかと思うのですが……」

一郎太は胸騒ぎらしきものを覚えている。

「藍蔵、陽葉里屋に足を運ぶ前に、槐屋に行くぞ」

藍蔵を促し、一郎太は槐屋に向かった。志乃も後ろについてくる。

槐屋に着いた一郎太は、店の中をくまなく見て回った。

しかし、依子の姿はどこにもなかった。

「依子どのはおらぬ。出かけたようだな」

「どこに行かれたのでしょう」

案じ顔の志乃が口にする。

「屋敷にお戻りになったのでしょうか」

「かもしれぬ。だが志乃にも黙って出ていくというのは、腑に落ちぬ」

はい、と志乃が相槌を打った。

「志乃、徳兵衛の姿もないようだが、出かけたのか」

「島田屋さんに行ってくるといって、だいぶ前に出ていきました」

「徳兵衛一人でか。依子どのを連れていってはおらぬな」

「はい、一人です」

「徳兵衛が供を連れずに出かけていくのは、よくあることか」

「そのほうが気楽みたいなので。おとっつぁんは一人でよく出かけます」

「島田屋というのは得意先か」

「さようです。浅草阿部川町にある薬種問屋で、巡快散というお薬で名を知られている店です。うちも、薬種の元となる薬草を入れさせてもらっています」

それを聞いて一郎太は瞠目した。

「薬草まで……」

槐屋は、いったいどれだけの品数を扱っているのか。だが今は、そんな驚きは胸にしまっておくべきだった。

「俺たちが戻るまで、志乃、できるだけ一人にならぬようにするのだ」

「えっ」

さすがにびっくりしたようで、志乃が目をみはる。そんな顔がいかにも愛くるしく、これでは藍蔵が心を奪われるのも当たり前だな、と一郎太は思った。

「どうやら俺たちが騒ぎの元を持ち込んでしまったようだ。まことに申し訳ない」

「いえ、そんな……」

「志乃、もう一度いうが、できるだけ一人にならぬようにするのだ。承知か」

やや強い口調で一郎太は志乃にいった。

「はい、承知いたしました」

一郎太と藍蔵を見て、志乃がはっきりと答えた。

「では、俺たちは陽葉里屋に行ってくる」

槐屋でお竹の人相書を描いた一郎太は、藍蔵とともに、祥雲寺門前町に向かった。

四

祥雲寺自体、かなり由緒のありそうな寺だった。境内も広々として、外から眺められる本堂も立派な造りだ。瓦屋根が秋の日射(ひざ)しを受けて、目にまぶしいほどである。

「さて、陽葉里屋はどこにあるのかな」

つぶやいた藍蔵が、歩いてきた一人の女に声をかけた。この町で暮らしているとおぼしき女で、近くの長屋に住む女房ではないかと思えた。

藍蔵にきかれて女がこくりと首を動かした。

「陽葉里屋さんですか。ええ、このすぐ近くですよ。そちらですから」

暮らしの疲れの色が肌に垣間見える女が、東側を指さした。一郎太がそちらに目をやると、宏壮な武家屋敷が見えた。

「あちらのお屋敷は、松平備中守さまの中屋敷です」

松平備中守か、と一郎太は思った。上総大多喜で、二万石を領している大名家ではなかったか。大河内松平家と呼ばれる家である。

それにしても、と一郎太は思った。二万石にしては、あの中屋敷はとんでもない広さを誇っているように見える。

「あの武家屋敷の前に、陽葉里屋さんはあります。鳥の置物が目印に置いてあるから、すぐにわかりますよ」

どこか忌々しげな顔つきで女がいった。

――まさか、この女の亭主が陽葉里屋に通っているわけではあるまいな。

なにしろ、お竹のような器量よしがいる店なのだ。

――男なら一度は陽葉里屋に行きたかろうが、女房としては、おもしろくあるまい。

「かたじけない」

女に向かって藍蔵が頭を下げた。

「あの、お侍方は陽葉里屋さんに行かれるのですか」

「その通りだが、おなごを買うためではない。実は人捜しでござるよ」

女をじっと見て藍蔵が答えた。

「えっ、ああ、そうなのですか」

人捜しと聞いて、女が戸惑うような顔になった。

「そなた、この娘を知らぬか」

二歩ばかり前に出て、一郎太は懐から人相書を取り出した。それを女に差し出す。

女が人相書を受け取り、しげしげと見る。

「ああ、この女の人なら、見覚えありますよ。陽葉里屋さんにいますね」

軽く息をついて、女が人相書を返してきた。一郎太はそれを受け取り、懐にしまった。

「陽葉里屋に今もいるのか」

さあ、と女が首を横に振った。

「今もいるのかどうか、わかりませんけど、十日ほど前にはいましたよ。店の前を通りかかったとき、疲れたような顔で式台(しきだい)に座っているのが見えましたから」

「十日前か……」

「そのときは、うちの亭主もあたしと一緒だったんですけど、その女があまりにきれいなんで、うちの馬鹿亭主が、金さえあればなあ、ってうめくようにいったんですよ。

まったく腹が立つったらありゃしない」

憤懣やるかたない口調である。やはりそういう事情だったか、と一郎太は思った。

「では今から陽葉里屋に行ってみる。かたじけない」

礼をいって、一郎太たちは女と別れた。

すぐに陽葉里屋はわかった。先ほどの女がいったように、石でつくられた鳥の置物が路上にぽつんと置いてあったのだ。

建物自体、一見すると、どこにでもあるような二階屋だが、見た目よりずっと奥行きがあるのが一郎太にはわかった。

戸口に暖簾はかかっておらず、がっしりとした板戸は閉まっていた。中からは、女の嬌声など聞こえず、ひっそりとして静かなものである。女を打擲しているような物音もしなければ、悲鳴も耳に届かない。

――お竹がいるとおぼしき気配はないな。

それにしても静かである。静かすぎるほどだ。これで時がたてば、大勢の客がやってきて、喧噪に包まれるのだろうか。

なにしろ、今はまだ午前中である。四つを少し回ったくらいではあるまいか。

「陽葉里屋は、ここでまちがいないようでございますな」

鳥の置物を見つめて藍蔵がいった。うむ、と一郎太はうなずいた。

「その置物は雲雀(ひばり)ですかな」

「多分そうであろう。よし藍蔵、まいるぞ」

一郎太が宣するようにいうと、はっ、と答えて藍蔵が一郎太の前に出た。

「では、それがしが訪(おとな)いを入れます」

戸口に近づいた藍蔵が、ごめん、といって板戸を横に引いた。だが心張り棒が支(か)ってあるらしく、戸はたわむようにわずかに動いただけだ。

藍蔵がどんどんと板戸を叩く。はい、とかすれたような応(いら)えがあり、中に人の気配が立った。どちらさまですか、と男の声が戸越しにきいてきた。

「客だ」

板戸に向かって藍蔵が答えた。

「えっ、お客さまですか。あの、うちは昼からなんですが……」

板戸越しに男が告げる。

「ああ、そうなのか。では出直そうと思うが、わしらはこの店は初めてだ。中がどのようになっているか、少し見てみたい。構わなければ、ここを開けてくれぬか」

「はい、わかりました」

心張り棒が外されたらしく、戸からたわみが消えた。するすると戸が横に動いていく。人相がよいとはいえない男が顔をのぞかせ、一郎太たちを値ぶみした。

男は、一郎太たちを毛ほども警戒していないようだ。高ぶったような顔もしていない。お竹をもし取り戻していたら、男の体からもっとただならぬ気配が漂っていなければおかしい。だが、目の前の男はゆったりと構えている。

――この前、お竹を打擲していた者の一人ではないな……。

目の前の男は決して人相はよくないが、柄は悪くない。身なりもしっかりしている。この前のやくざ者たちは、陽葉里屋に雇われてお竹を捜していただけなのだろう。

「どうぞ、ご覧になってください。こんな感じですよ」

三和土に立っている男が半身になり、一郎太たちに見えやすいようにした。

式台の先が暗い廊下になっており、右側に二階につながっているらしい階段があった。

「ああ、あの、ちょっとおたずねしますが、お二人はお役人ではありませんよね」

今からきいても遅いと思うが、と一郎太は内心で苦笑した。

「わしらが役人に見えるか」

にやりと笑って藍蔵が男に問う。

「いえ、見えません。ただ、こういう商売は法度なんでどうしても……」

首を縦に動かして一郎太は前に出た。

「用心する気持ちはよくわかる。部屋はたくさんあるようだな」

「ええ、全部で十二あります」

どこか誇らしげに男がいった。

「女の数も多いのか」

「ええ、けっこう抱えていますよ。二十人くらいですかね。うちは器量よしばかり集めているんで、それは繁盛しています」

「美形との評判を聞いてきたのだが、この娘はおるか」

懐から人相書を取り出し、一郎太は男に手渡した。人相書に顔を近づけ、男がまじまじと見る。

「お竹ですね」

眉を曇らせて男がいった。

「いえ、お竹はいません」

「なにゆえおらぬ」

「とにかくいないんですよ」

少し声を荒らげて男がいった。かなり腹を立てているようだ。それは一郎太たちにではなく、お竹に対してのように思えた。

お竹は、と一郎太は考えた。

――まだ、ここに戻ってきておらぬようだな。

お竹は、女郎屋の者に見つかったわけではない。連れ戻されたのではなかったのだ。

――となると、別の場所を当たらざるを得ぬな。

一郎太に、お竹の行きそうな場所に心当たりはまったくない。

「そうか。世話をかけた」

これ以上、男と話をする必要もなく、一郎太は体を返した。

「あの――」

一郎太の背中に、男が声をかけてきた。どこかいいにくそうな口調である。なにかな、といって一郎太は振り向いた。

「実をいうと、お竹はいま行方知れずなんですよ。お侍は、お竹の居場所に心当たりはありませんか」

少し情けない顔で男がきいてきた。

「いや、俺たちが知っているはずがなかろう」

一郎太がいうと、男が途方に暮れたような顔になった。

「そうですよねえ。お竹はここに来てまだ間もないんですが、稼ぎ頭だったんですよ。いったいどこに行ってしまったのか……」

首を振り振り、男が唇を噛み締める。

「お竹はここでは、まだ日が浅かったのか」

少し意外な気がして一郎太は男に質した。

「ええ、そうですよ」

「お竹は、いつここに来たのだ」

「ほんの半月前です」

「ほう、そんなものか」

「ええ。高い金を出して買い取ったのに、それでいなくなってしまいましたから、うちとしてはなんとしても見つけ出さねえと、元が取れません。このままでは大損ですよ」

それはそうだろうな、と一郎太は思った。

「前は、どこの岡場所にいたのだ」

新たな問いを一郎太は男に放った。

「どこかの岡場所にいたのはまちがいないんですが、それがどこかはあっしは知らねえんですよ。見知らぬ女衒(ぜげん)が、あの女を連れてきたんですよ。ここで使わねえかって」

「それで、お竹を買い取ったのか。その女衒の名はなんという」

「輝造(てるぞう)とかいってましたね」

「もしや、ここでは初顔の女衒ではないのか」

「さようです」

「初めての女衒から女を買うというのは、よくあるのか」

「ええ、そんなに珍しくもありませんよ」

「そういうものか……」

輝造という女衒なら、と一郎太は思案した。

――お竹の行方について、なにか知っているかもしれぬな。いや、お竹の行方知れずに関わっているかもしれぬ。

「そなた、その輝造の居場所を存じておるか」

「いえ、知りません」

残念そうな顔で男が答えた。

「きっと、あの輝造という女衒が、お竹の行方知れずに関わっているにちがいないんですよ。じゃなきゃ、半月のあいだに二度も逃げ出すなんて、考えられませんからね。女郎屋から金を受け取ったら逃げ出させ、次の女郎屋に紹介してまた逃げ出させる。あの輝造という男、そんな手を繰り返しているんじゃありませんかね」

「うむ、十分に考えられる」

「だから、うちで輝造の行方を追わせているんですが、今のところ、捕まえたという知らせは入ってきていませんね」

そうか、と一郎太は相槌を打った。

「輝造の人相書を描いてもよいか」

一郎太は男に申し出た。

「えっ、人相書ですか」

そうだ、と一郎太はいった。

「俺たちも輝造捜しに力を貸そう。だが、輝造の顔を知らぬのでは、なにもできぬゆえ」

「あの、本当に輝造捜しを手伝ってもらえるんですか」

目をみはって男が問うてきた。

「ああ、本当だ」

「人相書って、あっしが輝造の人相をいえばいいんですね」

「そなたの言を聞きながら、俺が描いていく。そこの式台を借りてよいか」

三和土に向けて顎をしゃくり、一郎太はたずねた。

「もちろんですよ」

男が三和土から式台に上がり、さらに廊下に移った。失礼する、といって一郎太は式台に腰を下ろした。

矢立を腰から外した藍蔵が、一郎太に紙と筆を差し出してきた。それを手にし、一郎太は、廊下に座り込んだ男の言葉を聞きつつ、墨をたっぷりとつけた筆を走らせた。

依子とお竹の人相書を描いたからか、今度は筆が滑らかに動いた。

「できた」

描き上げたばかりの人相書を、一郎太は男に見せた。

「どうだ」

「ええ、まあ似ていますね」

人相書をじっくりと見て、男が小さくうなずいた。一郎太も改めて輝造の顔を凝視した。

輪郭は丸みを帯び、眉毛は海苔(のり)でも貼りつけたかのように濃く、細い目は鈍く光っている。団子鼻(だんごっぱな)だ。ほかに特徴らしいものはない。

——これまでこの男には、一度たりとも会っておらぬな……。

「背丈はどのくらいだった」

人相書から目を離して一郎太は男にきいた。

「五尺二寸くらいでしょうか」

江戸の男では、よく見かける背丈だろう。

「体のつくりはどうであった。がっしりとしていたか」

「いえ、たくましいというほどでは、ありませんでしたね。中肉といったところでしよう」

姿形に関しても、これといって目立つところはないようだ。

「よし、この人相書を手がかりに輝造を捜してみよう」

張り切った声で一郎太は男に告げた。

「ああ、助かります。どうか、一つよろしくお願いいたします。見つかったら、お知らせください。お礼を差し上げますので」

「わかった。見つかり次第、知らせよう。そなたに知らせればよいのか」

「さようです。あの、手前はここのあるじの晴之助と申します。お侍、どうか、お見知り置きを」

「そなた、あるじだったのか」

番頭あたりだろう、と一郎太は思っていた。

「はい、さようで」

「俺は月野という。もし輝造が見つかったら、必ず知らせよう」

「どうか、よろしくお願いいたします。お待ち申し上げております」

一郎太に向かって、晴之助が深く頭を下げてきた。

「任せておけ」

陽葉里屋をあとにした一郎太たちは、その後、女に春をひさがせている女郎屋を次々に当たっていった。その手の者に、人相書を見せていく。

あいにく、輝造という女衒を知る者は一人もいなかった。

——くそう。

晴之助に大口を叩いたのに、なにもできない。無力感が一郎太の体を浸す。

「月野さま、日が暮れてきましたぞ」

いわれて一郎太は西の空に目を向けた。今日もいい天気で、空は橙色に染まっている。道行く人たちの影が長く伸びていた。

「今日はここまでだ」

深く息をついて一郎太は判断した。

「藍蔵、槐屋に行くとしよう」

「戻ったら、お竹ちゃんが見つかっていたらいいですね」

「ああ、そうだったら本当によいな」

一郎太の中で期待がふくらむ。だが、足取りは重かった。

足を引きずるようにして、一郎太は槐屋に赴いた。日は暮れており、あたりは暗くなっていたが、まだ店の戸締まりはされていなかった。

——俺たちのために、戸締まりをせずにいてくれているのだな。裏口に回らせては、申し訳ないという心遣いだ……。

暖簾はかかっておらず、一郎太たちは槐屋の中に足を踏み入れた。

「失礼する」

声を発すると、すぐに女の声で応えがあった。見ると、奥につながる土間の通路を走ってきた二つの影があった。

「いらっしゃいませ」

一人は志乃で、もう一人はお竹だった。

「あっ、戻っていたのか」

「済みません」

腰を深くかがめてお竹が謝った。

「なにがあった」

「月野さま、こんなところで立ち話もなんですから、上がってください」

「ああ、そうだな」

志乃にいわれ、一郎太たちは客間に入った。志乃に座布団を敷いてもらい、その上に座した。ほう、と吐息が漏れ出た。

志乃とお竹が一郎太たちの前に端座する。一郎太はお竹をじっと見た。

「槐屋に行ったらお竹がいたらよいな、と藍蔵と話しておったのだ」

心から安堵して一郎太は告げた。

「それでなにがあったのだ」

お竹を見つめて一郎太は質した。

「それが……」

うつむいてお竹が話し出す。

「大福を買いに出たとき、横を歩いていたおばあさんが急に苦しみはじめたんです」

「おばあさんが……。病か」

「はい。あの、そのおばあさんですが、私が子供の頃、ちょっと世話になった人だったんです」

「そうか、世話に……」

「いつも笑顔で、飴とかお菓子をくれたんです。どなたかのお妾さんだったとかいう人で、旦那さまを亡くしてからはずっと一人暮らしをしてたようで、とても優しくて……」

「そのおばあさんを、お竹は医者のところに連れていったのか」

「近くにお医者がいらっしゃるのを知っていましたから、連れていきました」

「それで、そのおばあさんの容体は」

「心の臓が弱っているらしくて、別のお医者にかかっていたらしいのですが、私が連れていったお医者の薬湯を飲んだら、落ち着いたみたいで……」

「それはよかったな」

はい、とお竹がほほえんだ。

「それで帰ろうとしたのですが、結局、そのおばあさんにずっと付き添っていたのです」

「そのおばあさんに請われたのではないか」

「おっしゃる通りです。志乃ちゃんが私の帰りが遅いのを、きっと気にしているとは
思ったのですが……」

「そういう事情では仕方あるまい」

「いろいろとご心配とご迷惑をおかけして、まことに申し訳ありませんでした」

「とにかくなにもなくてよかった」

心から一郎太はほっとした。

「ところで徳兵衛はどこにいるのだ。姿が見えぬようだが……」

いつもなら、徳兵衛は必ずこういう場に顔を出すはずなのだ。

「それが朝の五つ半頃に出かけたきり、まだ戻っていないのです」

少し困ったような顔で志乃がいった。

「島田屋に行ったきりか。それは、気がかりではないか」

「でも、おしなさんのところに回ったのかもしれませんから」

志乃はさして案じている様子ではない。おしなというのは、徳兵衛の妾である。徳兵衛が自ら進んで囲ったわけではなく、志乃の勧めだと一郎太は聞いている。

「もう少ししたら、おしなさんに使いを出して、おとっつぁんが行っているかどうか、きいてみます」

「それがよかろう」

もう一人、その場にいないのに、一郎太は気づいた。

「依子どのは」

「それが依子さまもおりません」

眉根を寄せて志乃が答えた。

「なんと」

一郎太は驚いた。

「朝餉の際に姿を見たのが最後です」

「そうなのか。行方はわからぬのだな」

「わかりません。依子さまから、なにも知らせはありません」

うむ、とうなって一郎太は腕組みをした。

「やはり屋敷に帰ったのかもしれぬな。明日、ちょっと行ってみよう。依子どのの安否を池田家の者にきいてみる」

「おねがいいたします」

こうべを垂れて志乃が礼を述べた。

「あの、月野さま、神酒さま。夕餉は済まされておりませんよね」

面を上げて志乃がきいてきた。

「ああ、まだだ」

「では、すぐに支度いたします」

「かたじけない」

徳兵衛に関して、一郎太はなにか不吉な思いを抱いている。ゆったりと食事などしている場合ではない気がするが、実際、今日も昼抜きだった。さすがにここで腹を満たさないと、これ以上、動けないような気がする。

「志乃、今から食べさせてもらえるのか」

志乃に向かって一郎太は問うた。

「もちろんです。いま支度してまいります」

「豪勢なものはいらぬぞ。湯漬けでけっこうだ」

「えっ、湯漬けですか」

意外そうに志乃がいう。

「そうだ。古来、侍が腹を満たすのに最もよいとされている食べ物だ」

「そうなのですか。あの、月野さま。まことに湯漬けでよろしいのですか」

「ああ、よい。ほかにはなにもいらぬ。梅干しをのせてくれればよい」

「わかりました」

一郎太の視界から志乃が消えた。お手伝いします、といってお竹も一緒に台所に向かった。

その姿を見送って一郎太は、湯漬けを食べ終えたら、と考えた。

――さっそく動かねばならぬ。

そんな予感が、一郎太にはある。むろん、徳兵衛のためにである。

――依子どのがいなくなったのと、徳兵衛の不在は、なにかつながりがあるのではないか。

一郎太はそんな気がしてならない。

すぐに湯漬けがもたらされた。それを客間で流し込んでいると、表のほうで人の気配がした。

「あら、おとっつぁん、帰ってきたのかしら」

志乃が立ち上がり、廊下に出る。ちょうど湯漬けを食べ終えた一郎太も、志乃のあとについていった。箸を置いて、藍蔵もあわててやってきた。

店表には手代の参次がいて、やってきた者を中に招き入れていた。

──おや、徳兵衛ではないな。

一郎太が、顔を見た覚えがない男である。身なりは明らかに商人である。歳は五十をいくつか過ぎたくらいか。

「島田屋さん──」

一段上がった店座敷に端座して、志乃が呼びかけた。島田屋だと、と一郎太は思った。確か今朝、徳兵衛が訪ねていった薬種問屋ではないか。土間に立っているのは、その店のあるじなのだろう。

「ああ、志乃さん」

島田屋と呼ばれた男が、すがるような目で志乃を見た。

「槐屋さんは帰ってきたかい」

挨拶もそこそこに島田屋が志乃にきいた。

「いえ、まだです。島田屋さんに行くといったきり戻ってないのです」

「えっ、そうなのか……」

島田屋には徳兵衛について、なにか心当たりがあるようだ。

「島田屋さん、そこではなんですから、どうぞ、お上がりください」

「では、失礼して」

こほん、と咳払いして沓脱石で雪駄を脱ぎ、島田屋が店座敷に上がってきた。志乃の前にちょこんと座る。

「島田屋さん、客間にまいりましょう」

志乃がいざなったが、島田屋がかぶりを振った。

「いや、ここでいいですよ」

考えてみれば、客間には一郎太たちの膳が置きっぱなしである。

「さようですか……」

座り直した志乃が島田屋を見る。一郎太と藍蔵も志乃のそばに座った。参次が一礼し、奥のほうに去ろうとする。

「参次、お茶を持ってきてくれる」

少し腰を上げて、志乃が参次に頼む。

「承知しました」

「いや、おかまいなく。夜に茶を飲むと、どうも眠れなくなってしまうからね」

すぐに島田屋が断ってきた。

「は、はい、わかりました」

「志乃、俺たちもいらぬぞ」

間髪を容れずに一郎太は志乃に告げた。

「わかりました。――参次、もう休んでもらってけっこうよ。お疲れさま」

「ではこれで失礼いたします」

奥に向かう参次から目を離し、志乃が一郎太と藍蔵に島田屋を紹介する。

「こちらは、薬種問屋の島田屋さんのご主人で、二右衛門さんとおっしゃいます」

「二右衛門でございます」

一郎太たちに向かって、二右衛門が深々と低頭した。

「こちらのお二人は、おとっつぁんの恩人で月野鬼一さまと神酒藍蔵さまです」

よろしくお願いいたす、と一郎太はいった。藍蔵も一郎太と同じ言葉を発した。

「今日、うちのおとっつぁんが島田屋さんを訪ねていきませんでしたか」

さっそく志乃が二右衛門にきいた。

「うん、確かに訪ねてきたんだよ。ある女の人の素性を知りたいといって、人相書まで持ってきたよ」

「人相書ですか」

首をひねって志乃が不思議そうにいう。

「もしやこの娘か」

一郎太の懐には、三枚の人相書がある。そのうちの一枚を一郎太は取り出し、二右衛門に見せた。その人相書を手に取った二右衛門が、じっと見る。

「はい、まちがいありません」

顔を上げて二右衛門が肯定した。

「槐屋さんがお持ちだったのはこの人相書とはちがうものでしたが、両方とも同じ娘が描かれております」

「徳兵衛は、その娘が誰なのかいっていたか」

「知り合いの娘さんだと、いっておりましたね。いま行方知れずになっているそうで……」

「知り合いの娘……」

「ただ、その前に安藤坂上にある池田さまの依姫さまについて、槐屋さんは手前にきいてきました。それが手前は、ちょっと気にかかったのですよ」

「依姫についてきいたのか……」

なにゆえ徳兵衛は依子の人相書を持っていたのか。おそらく自分で描いたものであるのは、まちがいなかろう。

――やはり俺と同じで、依子どのになにか不審の念を抱いたにちがいあるまい。

「そなたに人相書を見せたあと、徳兵衛はどうした」

一郎太は二右衛門にたずねた。

「それから手前どもは、池田さまのお屋敷の賭場に一緒に行ったのです」

「賭場だと。それは今日の話か」

「はい、さようです」

「池田屋敷では、今日も賭場が開かれていたのか」

「は、はい。本来は半月に一度なのですが、今日、上得意だけを集めて秘密の賭場が開かれていたのです」

「秘密の賭場か……」

「実は手前が勝負に熱中しているあいだに、見学に来ていた槐屋さんがいつの間にかいなくなっていたのです。槐屋さんお一人で帰ったのかと思ったのですが、どうにも案じられてならなかったものですから、無事な顔を見たくて、ここまでやってまいりました」

——なにゆえ徳兵衛は、池田屋敷にわざわざ行ったりしたのか。

それは、池田家の依姫について詳しく知りたかったからだろう。

——やはり徳兵衛は、依子どのを怪しんでいたのだな。

ただし、池田屋敷に行ったまではよかったが、なにか不測の事態が生じたのだ。ひょっとして偽の依姫に徳兵衛の意図が露見したのではないか。偽の依姫に、徳兵衛は害されたのかもしれない。

——おそらくあの女は、羽摺りの者だったのだ。もしかすると、徳兵衛は殺されてしまったかもしれぬ。

くっ、と一郎太は奥歯を嚙み締めた。焦燥の炎が一郎太の胸を焼く。

——いや、徳兵衛が死ぬはずがない。徳兵衛はきっと生きている。あの男が、たやすくたばるはずがない。

ほかに二右衛門にきくべき事柄がないか、一郎太は考えた。

別に思いつかなかった。

「では、手前はこれで失礼いたします」

どこか気まずげにいい、二右衛門が立ち上がった。志乃も立つ。二右衛門が沓脱石で雪駄を履いた。志乃に戸を開けてもらい、そそくさと外に出ていった。

戸を閉めて、志乃が一郎太たちのところに戻ってきた。難しい顔をして座る。

「おしなさんのところに、おとっつぁんは行っていないのでしょうか」

一郎太と藍蔵を交互に見て志乃がいった。

「おしなの家は、ここから近かったな」

「湯島聖堂（ゆしませいどう）の近くですから、そんなに遠いわけではありません」

「志乃、俺はその家に徳兵衛はおらぬと思う」

「えっ、まことですか。月野さまは、なぜそう思われるのですか」

うむ、と一郎太は顎を引いた。

「志乃にはいいにくいが、徳兵衛の身になにかあったとしか思えぬからだ」

「どういうことですか……」

「俺のせいだ。とうに志乃にも見当がついているだろうが、俺は命を狙われている。依子とやらも池田家の本物の姫ではなく、俺の命を狙うために近づいてきたのはまちがいない。そのあおりを食らって、徳兵衛は偽の依姫に害されたかもしれぬ」

「おとっつぁんが害されたって……」

息をのんで志乃が一郎太を見る。瞳が不安そうに揺れる。

「かどわかされたのではないかと思う」

一郎太としてはそう思いたい。徳兵衛を殺す意味がないからだ。

「志乃――」

腹に力を込めて、一郎太は呼びかけた。

「はい、なんでしょう」

必死の面持ちで、志乃が一郎太を見返してくる。

「俺はこれから徳兵衛を捜さなければならぬ」

「えっ、これからですか」

驚いたように志乃がいう。

「しかし月野さま、とうに陽は落ちています。多分、五つを過ぎているのではないでしょうか。もしかしたら、おとっつぁんは本当におしなさんのところに行っていて、お竹ちゃんと同じように、明朝、ひょっこりと姿を見せるかもしれません。ですから月野さま」

　居住まいを正して志乃が呼んできた。

「今宵は、まず体を休めてください。今日一日、月野さまと神酒さまは、お竹ちゃん捜しに精を出して、疲れ切っているはずです。一眠りして新しい朝が来たら、潮目が変わるかもしれませんし……」

　徳兵衛の身を思うと、眠ろうなどと思わないが、少しでも睡眠を取っておくのはとても大事だろう。眠りは、体だけでなく頭も休めてくれるのだ。

　志乃の言葉に一郎太は納得した。

「わかった。志乃のいう通りにしよう」

　実際、夜に動いたところで、なにかつかめるとはとても思えない。夜明けを迎えて、翻然(ほんぜん)と気持ちを切り替えたほうがよい。

「では、俺たちは引き上げるが、志乃、一人で大丈夫か」

「はい。お竹ちゃんもいてくれるし、大丈夫です」

「お竹か……」

　お竹には何事もなくて本当によかった、と一郎太は思ったが、すぐに徳兵衛に思いがいき、自らを殴りつけたい気分になった。

——すべては俺のせいだ。

志乃の見送りを受けて一郎太と藍蔵は槐屋を出た。

いったん根津の家に戻る。

戸口に立ち、藍蔵が錠をがちゃがちゃいわせて開けた。中の気配を嗅ぎ、誰もおらぬと判断した一郎太は、提灯を手にしたまま戸を横に滑らせた。

——決して油断はできぬ。

この廊下の奥に、羽摺りの者がひそんでいても不思議はないのだ。

一郎太は闇が深いところに向かって、鋭い眼差しを注ぎ続けた。

——うむ、誰もおらぬようだ……。

確信してから三和土で雪駄を脱ぎ、一郎太は式台から廊下に上がった。藍蔵が後ろについてくる。

「では藍蔵、休むとするか」

自室の前で足を止めて一郎太はいった。

「はい、そういたしましょう」

藍蔵と別れ、一郎太は自室に入った。提灯のろうそくを使って行灯をつけようと、腰をかがめた。

その瞬間、いきなり殺気に包まれた。はっ、として背後を見やると、一つの影が部屋の隅に立っていた。

——なにっ。

しっかりと施錠をされていた家に忍び込める者はそうはいない。そこに立っているのは、羽摺りの者に決まっている。

しかも、家に上がるときあれだけ慎重を期したのに、ひそんでいるのを見破れなかった。

影は、なにかを口にしていた。一郎太にはそれが笛のように見えた。笛の先端がこちらに向けられている。

それが風を切るような音を立てた刹那(せつな)、吹き矢だ、と一郎太は覚(さと)り、さっと体(たい)をかわした。耳をかすめるようにして、吹き矢が通り過ぎていく。

——吹き矢の先には、毒が塗ってあるのだろうな。

肌をかすめただけでも、命がないかもしれない。すべてかわした一郎太がすかさず抜刀した。襲撃者は黒ずくめの恰好(かっこう)をしている。だが、男とは肉のつき具合がことなるように思えた。

「きさま、女だな。偽の依姫だろう」

ずばりと一郎太はいったが、黒ずくめの影は無言を貫いている。

「俺に正体がばれたと知り、襲ってきたのだな。ちがうか」

しかし返事の代わりに、またも吹き矢が飛んできた。一郎太は刀で撥ね飛ばした。火がついたままの提灯を、そっと畳の上に置く。すると、壁に映る忍びの影が大きく揺らいだ。

「一昨日、俺が殺した男は羽摺り四天王の一人で、白虎といった。きさまも四天王の一人か」

「さよう」

一郎太の耳に入ってきたのは、紛れもなく偽の依姫の声である。

「名はなんという」

「朱雀」

影が静かに答えた。

「そうか、朱雀は女だったか」

「女だと思ってなめると、痛い目に遭う」

「安心しろ。なめる気など一切ないゆえ」

刀を構えつつ、一郎太は背筋を伸ばした。

「そちらから来ぬのか。ならば、こちらから行くぞっ」

怒鳴るようにいって、一郎太は朱雀に向かって躍り込んだ。一郎太が半間ほど進んだところで、またも朱雀が吹き矢を飛ばした。一郎太が突っ込んでくるのを待っていたようだ。

吹き矢が一郎太の顔に向かって飛んできた。だが、一郎太には吹き矢がはっきり見えていた。

心気を完全に静め、気持ちを深く落ち着けると、すべての物の動きが遅く見えるときがある。それを一郎太は、これまでに何度も経験している。

今も、眼前まで迫った吹き矢を刀で払うのは、たやすかった。

まさか渾身の吹き矢があっさりと弾き飛ばされるとは思っていなかったらしく、朱雀は驚いたようだ。そのために腰の刀を抜くのが少し遅れた。

一郎太は力を込めずに、刀を袈裟懸けに振り下ろしていった。部屋の中だけに、刀を小さく振るのを忘れない。

斬ったと思ったが、さすがに四天王の一人だけあって、朱雀はぎりぎりで一郎太の斬撃をかわしてみせたが、刀の切っ先が忍び頭巾をかすめたようで、はらりと布が落ち、朱雀の顔が露わになった。

「ふむ、依子、相変わらずなかなかの美形だな。忍びにしておくには、もったいない」

一郎太が首を横に振ったとき、朱雀の背後の襖が開いた。藍蔵が刀を構えている。

「藍蔵、やっと戦う気になったか」

「月野さまに余裕があるようでしたので、これまで手出しは控えておりました」

「それがなにゆえ今になって出てきた」

「その朱雀とやらを引っ捕らえるのに、恰好の機会が到来したからでございます」

「うむ、こやつは引っ捕らえたほうがよかろうな。――きさま、徳兵衛をいかがした」

刀尖を向けて一郎太は朱雀に問うた。

「あのような男、とっくに殺したに決まっておろう」

朱雀がうそぶくようにいった。

「嘘だな」

一郎太は決めつけた。

「嘘ではない。嘘だと思いたいだろうが……」

「徳兵衛を殺してはなんの役にも立つまい。必ず生かしているはずだ。生かしておけば、なにか取引に使えると、きさまらは思っているはずだ」

「いろいろとうるさいやつだ。きさまを殺したがる者が多いのもうなずける」

依子、いや朱雀が目を光らせ、腰を落とした。一郎太に向かって飛びかかってくる体勢に見えた。

――だが、これはそう見せかけたに過ぎぬ。忍びとは逆を取る生き物だ。

朱雀の意図を、一郎太は看破した。

「藍蔵、逃げるつもりだ。逃がすなっ」

一郎太の声と同時に、朱雀が横に飛んだ。猛然と動いて、藍蔵が朱雀に斬りかかる。見事な斬撃で、刀が朱雀の太ももあたりを斬り裂こうとした。

その直前、藍蔵の斬撃は、がきん、という音とともに弾き上げられていた。

「ええっ」

さすがに思いもしなかったらしく、藍蔵が頓狂な声を上げた。

もう一人、忍びがいたのだ。それは男の忍びのようだった。朱雀の配下の者か。それとも、四天王の一人なのか。

「おのれっ」

怒号して藍蔵が、男の忍びに斬りかかっていった。一郎太は朱雀に向かっていった。すでに二人の忍びは引き上げるつもりでいるらしく、本気で戦う気持ちはないように見えた。

一郎太たちの攻撃をいなし、廊下を徐々に後退していく。

——このままでは逃がしてしまう。

焦りが募ったが、逃げに入ったときの忍びというのは、恐ろしく守りがかたい。どうやっても深く斬り込めないのだ。藍蔵も手こずっている。

——男の忍びも素晴らしく腕がよい。こやつも四天王の一人だな。

えい、と藍蔵が気合をかけて斬り込んだ。だが、その斬撃を男の忍びが忍び刀で撥ね返した。きん、と音が鳴り、火花が散った。

がたん、と音がした。見ると、朱雀が板戸を蹴破っていた。

朱雀が外に飛び出す。さらに、男の忍びも戸の外に出た。

くそう、と一郎太は歯噛みした。一郎太たちも外に出た。

すでに二人の忍びが体を翻し、走り出していた。闇に紛れ、あっという間に二人の姿が見えなくなった。

一郎太は二人のあとを追いたかったが、忍びに追いつけるはずもなかった。しかも夜である。あきらめるしかなかった。藍蔵にも二人を追いかける気はなかったようだ。

「藍蔵、怪我はないか」

刀尖を下に向けて一郎太はきいた。

「はい、ありませぬ。月野さまはいかがでございますか」

「俺もなにもない。無傷だ」

「それはようございました」

安堵の色を浮かべて藍蔵が深い息をつく。

「朱雀を生け捕りたかったな」

「はい。もう一人があらわれなかったら、あの朱雀という女忍びを生け捕れたのでしょうが、残念でございます」

「まあ、仕方がない」

ふう、と一郎太は息を吐いた。

「藍蔵、休むぞ」

気持ちを切り替えて一郎太は藍蔵に告げた。逃がしてしまったものを、ぐずぐず考えてもしようがない。一郎太たちは家に入った。

「もはや必要ないかもしれませぬが……」

藍蔵が戸をはめ直して心張り棒を支った。


「くそう――」

唖然とする強さだった。底知れぬ男だ、と青龍は思った。

夜の道を走りながら朱雀が悔しげにいった。

「できれば、やつが家の中に入り込んだ瞬間、吹き矢で始末したかった」

「なにゆえできなかったのだ」

そのわけは青龍にもわかっている。

「やつから放たれている気が、あまりに強かった。身動きできないほどだった。それゆえ、断念せざるを得なかった」

いかにも無念そうに朱雀が答えた。確かにいう通りだ、と青龍は思った。

あのとき三和土に立ち、一郎太はこちらをにらみつけてきていた。気づかれることはなかったが、まるでそこに青龍たちがひそんでいるのがわかっているような目つきだった。

——信じられぬ強さだ。

白虎が殺されたときより、さらに腕が上がっているのではないか。白虎との真剣勝負により、一郎太は一段、高みに登ったのだ。

一郎太の不意をつけば必ず殺れると踏み、青龍と朱雀は留守中の一郎太の家に入り込んだ。

朱雀が一人で戦って一郎太を疲れさせ、そこに青龍があらわれ、一郎太にとどめを刺すという策だった。

だが、あっさりと破られた。なにしろ、一郎太は白虎を倒すほどの腕前だったのだ。

その上、供の者の藍蔵も、かなりの遣い手だった。

——藍蔵か。そうだ、やつだ。

「藍蔵が鍵を握っておるぞ」

駆けつつ青龍は朱雀にいった。

「その通りだ」

朱雀が深いうなずきを見せた。

――藍蔵をなんとかせねばならぬ。そのためには、なにか手立てを考えねばならぬ。

夜を走り続けた青龍と朱雀は、隠れ家に戻ってきた。戸を開けて廊下を歩き、奥の間に入る。

すると、四天王の一人である玄武が部屋に入ってきた。どかりと音を立てて青龍たちの前に座る。

「駄目だったようだな」

あざ笑うような顔が憎らしかったが、青龍はその思いを顔に出しはしなかった。

「ああ、うまくいかなんだ。今度は、おぬしも力を貸してくれ」

あくまで冷静な気持ちを保って青龍は頼んだ。むろんよ、と玄武が答えた。

「わしは長いこと出番を待っていたからな。力を持て余しておるわ」

仲の悪さなど忘れ、青龍たちは、どうすれば一郎太を亡き者にできるかを話し合った。

「それでよかろう」

まるで若者のように顔を輝かせて、玄武がいった。

「よし」

腕組みをして朱雀も同意した。

「ところで、槐屋徳兵衛はどうしている」

青龍は玄武にきいた。徳兵衛をこの隠れ家に連れてきているのだ。まだ殺してはいない。なにか使い道があるのではないかと青龍は考え、生かしてある。

——まあ、殺すのはいつでもできる。

一郎太をあの世に送り込んだとき、徳兵衛も冥土の供とすればよいのではないか。

それでよい、と青龍は思い、ふふ、と小さく笑いを漏らした。

第四章

一

夜明けまで、二刻(ふたとき)は優にある。

闇が江戸の町を覆い尽くしており、それが玄武(げんぶ)には心地よい。

足早に歩き続けて、本郷一丁目までやってきた。

ここまで人にまったく会わなかった。それも当たり前だろう。深更の八つに出歩いている者など、いるわけがない。江戸中の者が眠りについている刻限である。

——他出している者は、俺のような悪党だけだろう。

夜は忍びにとって白昼も同然である。晩秋らしい冷たい風が吹き渡る中、身につけているのは忍び装束だけにもかかわらず、玄武は寒さを微塵も感じていない。血がたぎっており、むしろ体は熱くなっていた。

——やはり夜はよい。

なにより、この世が自分のものになったような気がするのだ。何物にもかえがたく、できるなら叫び出したいくらいだ。

いま俺は生きている、と強く思う。もし目の前に人があらわれたら、腰の忍び刀を引き抜いて、斬り捨ててしまうのではあるまいか。

——近頃は滅多に出ぬらしいが、辻斬りを行う者は、きっとこんな気分なのであろう。

血が騒ぎ、高ぶる気持ちをどうにも抑えられない。

つと足を止めた玄武は、左側の建物を見上げた。

——ここだな。

間口が十間もある大店があった。町は深い闇に閉ざされているが、玄武には目を凝らすまでもない。夜目が利くのだ。

槐屋と記された扁額が屋根に鎮座し、青物と墨書された大看板が建物の横に張り出している。

――さすがに草創名主が暮らす家だ。奥行きも、相当のものだな。

槐屋の家人は、奥で眠っているのだろう。なにを思って寝ているのか。

羽摺りの者によって徳兵衛がかどわかされたのを、家人はおそらく知らない。こちらから、なにも知らせていないからだ。

ただし、家に帰ってこない徳兵衛の安否は気になっているだろう。そのために、家人はろくに眠れていないはずだ。少なくとも、眠りは浅いにちがいない。

――志乃という娘もな。

左右を見渡し、玄武はあたりに人けがないのを改めて確かめた。強い風が吹き渡り、まるで雑に箒をかけているかのように土埃を巻き上げていく。土埃が目に入りそうになり、玄武は顔を伏せた。

――この時季の江戸は、風さえなければよいのに。

目をごしごしとこすってから、玄武は面を上げた。風のせいで気がそがれたか、高ぶりが胸中から消えていた。

横合いから、不意に人の気配が湧き起こった。だからといって、玄武は驚かなかった。なにやつ、とも思わなかった。ちらりとそちらを見やると、一つの影がまっすぐ玄武に近づいてくる。

「ご苦労」

すぐそばで立ち止まった影に、玄武は短く声をかけた。影は今宵、槐屋を見張っていた羽摺りの下忍である。

「一郎太はおるまいな」

槐屋に向かって玄武は顎をしゃくった。

「はい、おりませぬ」

それとわかる程度に、下忍が首を横に振る。

「わかった。去ね」

はっ、と低頭し、下忍がその場を離れていく。

それを見送り、玄武は軽く息を入れた。

——よし、行くか。

決意した玄武は、再び風が吹き寄せてきたのを合図に跳躍し、庇の上にひらりと飛びのった。すぐさま瓦に移り、奥に向かって屋根を歩いていく。

——ふむ、ここで店と奥とが仕切られているようだな。

庭には、隔てのための塀が設けられていた。さらに足を進めた。五間ほど行ったところで玄武は足を止めた。

——どうやら、槐屋の家人が眠っているのはこのあたりだな。

目星をつけた玄武はひざまずいた。瓦に顔を寄せ、中の気配を嗅ぐ。

——女のものらしいな。

柔らかな気配が伝わってくる。この真下の部屋で、志乃が眠っているのではないかと思えた。

——やるぞ。

さっそく玄武は五枚ばかり瓦を外した。すぐに野地板(のじいた)が出てきた。力任せに次々に野地板を剝がしていった。体がすっぽりと入るくらいの穴ができた。そこに素早く身を入れ、天井裏に忍び込む。梁(はり)の上にあぐらをかいた。

目の前の天井板をそっと横にずらし、眼下の部屋に目をやる。案の定、娘が一人、布団に横になっていた。

大店の娘らしく、贅沢(ぜいたく)にも掛布団を使っていた。ゆるやかに寝息をたてているものの、眉根を寄せて、苦しそうな顔つきをしている。

——あれが志乃か。やはり徳兵衛が心配でならぬのだな……。

それにしても、と玄武は思った。なかなかの美形ではないか。舌なめずりが出そうだ。

お竹が志乃と一緒の部屋で寝ているかもしれぬと、朱雀から聞いていた。決してまちがえるなと、強くいわれている。

――ふむ、志乃一人か。

玄武は、志乃とおぼしき娘の寝顔をじっと見た。ずいぶん若い。下で寝ている娘は、明らかにお竹とはちがう。二十歳にはまだ間がありそうだ。頬が桜色につやつやしている。苦しそうにしているものの、若さは隠しようがない。

――あれが志乃だな。おそらく、徳兵衛は目の中に入れても痛くないほど可愛がっているのであろう。

確信した玄武は、天井板をさらに横に動かした。体が入るだけの隙間ができたのを見て、さっと下に飛び降りる。

次の瞬間、畳に足が着いたが、音はまったく立たなかった。志乃が玄武の気配に気づいた様子はない。

懐から青磁の小瓶を出し、玄武はその中の薬湯を手ぬぐいに浸した。手ぬぐいを志乃の口に当てる。

一瞬、志乃が目を覚ましそうになり、もがきかけたが、あっさりと静かになった。薬が効いたのだ。

玄武が用いたのは犀征湯（さいせいとう）という羽摺りの者の秘薬で、人を深い眠りにいざなう際に使う。

当身を食らわせて気絶させるほうが手っ取り早いが、犀征湯は長く眠りについてくれるのだ。

当身は下手をするとすぐに目を覚まされる恐れがあるが、犀征湯にはそれがない。薬の量にもよるが、嗅がされた者は、半日はおとなしくしている。志乃も同じであろう。

犀征湯の小瓶を懐にしまい、帯に挟んでおいた文を枕元に置く。

――これでよし。明日の朝、これを読んだ者はいったいどんな顔をするのであろうか。

見てみたいとの衝動に玄武は駆られたが、気持ちはあっけなく静まった。

志乃を担ぎ上げて立ち上がる。心中で気合をかけ、天井めがけて跳び上がる。肥えていない志乃は軽く、玄武はあっさりと天井裏に戻った。

梁に足を置いて天井板を元に戻し、屋根に出る。外した瓦はほったらかしにして、足取りも軽く屋根を進みはじめた。

瓦や野地板も早めに直せば雨漏りはせぬだろう、と玄武は思った。屋根を歩いて、再び表にやってきた。眼下の通りに誰もいないのを確かめ、志乃を担いだまま飛び降りる。

音もなく着地した玄武は、首をねじって志乃を見た。ぐっすりと眠っている。

――ふむ、よい子だ。まるで赤子(あかご)のようにかわいい顔をしておるではないか。

玄武は志乃を担ぎ直し、闇がじっとりと居座っている道を足早に歩き出した。

——これで餌は撒いた。

ちらりと振り返り、玄武は槐屋の扁額を見上げた。

——罠だとわかっていても、一郎太は俺たちと戦わざるを得ぬ。これで、やつを殺せよう。必ず殺してみせる。

大股に歩を運びながら、玄武は決意した。羽摺り四天王の意地に懸けても、百目鬼一郎太をあの世に送らなければならない。

仲はよくなかったとはいえ、一郎太を殺れば、白虎の仇も討てるというものだ。

二

むっ、と一郎太は目を開けた。

暗い天井が瞳に映る。明け六つにはまだ少し間があるような気がするが、どうだろうか。

目が覚めたのは、外からただならぬ足音が聞こえてきたからだ。

——誰か来たようだな……。

急な知らせではないか、と一郎太は眉根を寄せて思った。

徳兵衛の骸（むくろ）が見つかったという知らせではあるまいなと考え、胸が痛くなったが、一郎太はすぐに起き上がった。今朝も冷え込んでいる。寒いな、と思った。

それでも、深く息を吸い込んでしゃんとし、すっくと立ち上がる。手早く着替えを済ませた。刀架の刀を手に取る。

戸口のほうで、人が訪（おとな）う声がした。刀を腰に差した一郎太は、腰高障子（こしだかしょうじ）を開けて廊下に出た。

隣の部屋から、ほぼ同時に藍蔵も姿をあらわした。藍蔵も刀をすでに帯びている。藍蔵の口から漏れる息が白い。

声を出さずに挨拶をかわし、一郎太は冷気の居座る廊下を足早に進んだ。廊下から三和土（たたき）に下り、板戸越しに外の気配をうかがう。

外から、また一郎太と藍蔵を呼ぶ声がした。

「参次のようだな」

やはり槐屋からの使いだった。

――徳兵衛の身に、なにかあったのではないか。

不吉なものが入り込むようで開けるのが怖かったが、一郎太は板戸に手をかけ、一気に横に滑らせた。冷たい風が流れ込んできた。

そこに、血相を変えた参次が立っていた。まだ外は暗いが、ほんのりとした明るさないか。

に包まれていた。決して真っ暗ではない。じきに明け六つの鐘が鳴りはじめるのではないか。

「どうした、参次」

またしても一郎太の脳裏を、物言わぬ骸と化した徳兵衛の姿がよぎっていった。

「お嬢さまがかどわかされました」

口をわななかせて参次が告げる。白い息が吐き出される。

「なにっ」

一郎太の耳を聾（ろう）するような大声を発したのは、後ろに立つ藍蔵である。

「志乃どのがかどわかされただと。参次、いったいなにがあったのだ」

参次の胸ぐらをつかまんばかりの勢いで前に出てきて、藍蔵が質（ただ）す。そのあまりの迫力に、ひっ、と参次が悲鳴を上げかける。

「と、とにかく、店においでくださいますか」

目を引きつらせながら参次がいった。

「店においでくだされば、いろいろとお話しできますので……」

「うむ、わかった」

一郎太は参次にうなずいてみせた。

「藍蔵、落ち着くのだ」

鋭い口調で一郎太は命じた。一郎太を見て、藍蔵が我に返ったような顔になった。腹に力を込めたような表情でうなずく。

「はっ、わかりましてございます」

「よし参次、行こう」

はい、と答えて参次が一郎太たちを先導して歩き出す。

早足で行くと、あっという間に槐屋に到着した。一郎太たちは、表から店の中に入った。店の土間に、お竹が呆然（ぼうぜん）とした顔で立っていた。

「ああ、月野さま、神酒さま」

血走った目をしたお竹が、力ない声で呼んだ。今にもくずおれそうな風情である。

「お竹、志乃がかどわかされたと聞いたが、まことなのか」

すぐさま近づいた一郎太がお竹に問うと、月野さま、と横から呼びかけてきた者があった。この店の一番番頭の登作（とうさく）である。

これまで一郎太はあまり話をかわしていないが、常に平静な物腰の五十男である。しかし、今はさすがに青ざめていた。

「登作、志乃がかどわかされたというのは、まことなのか」

近寄ってきた登作に一郎太は質した。

「はい、まことでございます」

無念そうな顔の登作が、喉の奥から絞り出すような声で答えた。

「月野さま。これをお読みになってください」

懐に手を突っ込んだ登作が、一通の文を差し出してきた。受け取るや、一郎太は登作にたずねた。

「これはなんだ」

「お嬢さまの部屋に置いてありました。空になった寝床の枕元に……」

「志乃をかどわかした者が、置き手紙をしていったのか……」

「おっしゃる通りでございます」

ごくりと一郎太は唾を飲んだ。藍蔵が早く開けてください、という目で一郎太を見ている。点頭(てんとう)して一郎太は文を開いた。

『今日の正午に目赤不動(めあかふどう)に神酒藍蔵一人で来い。もし一人で来なければ、志乃の命はない』

書かれていたのは、これだけである。誰が志乃をかどわかしたのか記されていなかったが、羽摺りの者であると断定して差し支えなかろう。

槐屋の者には手出しをせぬだろうと一郎太は気楽に構えていたが、その思いは、人の心を持たないといわれる忍びには通用しなかったようだ。

考えてみれば、昨日から徳兵衛がこの家に戻ってこないのも、羽摺りの者に害されたせいであろう。

「徳兵衛はどうした」

一応、一郎太は登作にきいてみた。

「旦那さまはまだ戻られていません」

表情をさらに曇らせて登作がいった。

「おしなのところには、おらなんだか」

はい、と口元をゆがめて登作が答えた。

「手前どもも、旦那さまがおしなさんのところにいらっしゃるのではないかと、使いを走らせました。しかし、旦那さまはいらしておりませんでした」

やはりそうだったか、と一郎太はかたく目をつむって思った。

――父娘(おやこ)ともども、羽摺りの者に捕らえられてしまったのだ……。

俺のせいだ、と感じ、一郎太は自分を思いきり殴りつけたくなった。

――この俺が、槐屋の者たちを巻き込んでしまった……。

これまで徳兵衛や志乃は、善意に囲まれて生きてきたのだろう。

――悪意など、ろくに感じずに暮らしてきただろうに……。

わけもわからず、いきなり恐怖のまっただ中に叩(たた)き込まれたのだ。いったいどれほど心細いものか。死にたくなるほど恐ろしいだろう。一刻も早く助け出してやりたい。

——それにはどうすればよいか。

冷静さを取り戻して一郎太は考えた。

「藍蔵——」

一郎太は、そばに立つ股肱の臣を呼んだ。だが、返事がなかった。いま藍蔵は、置き手紙を手にして読んでいる。目の動きからして、繰り返し読んでいるようだ。

藍蔵のまなじりがつり上がり、唇がわなわなと震えていた。藍蔵が持つ文も、小刻みに揺れていた。地鳴りを思わせるうなり声が、一郎太の耳に聞こえてきた。

——藍蔵がうなるとは。激怒しておるな。羽摺りの者は、この男を本気で怒らせおった。まったく愚かな者どもよ。

一郎太には、羽摺りの者たちの末路が見えたような気がした。

「藍蔵——」

一郎太はもう一度、呼んだ。

「はっ、月野さま、なんでございましょう」

置き手紙からようやく目を離し、藍蔵が一郎太を見つめてくる。

「こちらに来てくれるか」

一郎太は藍蔵を、土間の隅に連れていった。ここなら、槐屋の者は一人もいない。誰にも邪魔されずに話ができる。

「藍蔵、その文を読んで、どうするつもりでいる」

藍蔵が持っている文に目を当て、一郎太はきいた。

「なにも考える要はございませぬ。それがしは目赤不動にまいります」

断固たる口調で藍蔵がいった。一点を見据えている藍蔵の目は、怖いほど真剣だった。

藍蔵の全身からは、ほとばしるような殺気が放たれている。そばに立っていると、体が焚火（たきび）にでも当たったかのように熱く感じられた。

同時に一郎太は、まるで見えない力に圧されている気もした。後ずさりを余儀なくされるような思いも抱いた。

「月野さま、どうか、それがしが一人で行くのをお許しください」

必死の顔で藍蔵が懇願してきた。

「うむ、よくわかっておる」

藍蔵を見て、一郎太は大きく顎を引いた。だが、その言葉は、志乃しか頭にない藍蔵に届かなかったようだ。

「月野さま、どうか、それがしを止めないでください」

「藍蔵、安心しろ。俺にそなたを止める気はない」

藍蔵をじっと見て、一郎太は告げた。

「えっ、まことでございますか」

ようやく一郎太の言を解したらしく、すがるような顔で藍蔵がきいてきた。

「止めたところで、どうせそなたは一人で行くであろう」

「おっしゃる通りでございます。それがしは一人で目赤不動にまいります」

「それでよい」

藍蔵を見据えて一郎太はうなずいた。

「あの、月野さまは目赤不動にはいらっしゃらぬのでございますか」

「行かぬ。藍蔵一人で来いと、文に書いてあるゆえな。俺が行けば、やつらは容赦なく志乃を殺そう」

「それはそれがしもわかっておりますが、月野さまはどうするのでございますか」

藍蔵、と一郎太は静かな声で呼んだ。

「わかっておるか。これは罠だ」

「えっ、罠でございますか」

意外そうな顔で藍蔵が問い返してきた。

一郎太には、羽摺りの者がどういう策を使おうとしているか、すでに先が読めている。

「やつらは俺と藍蔵を引き離そうというのだ」

「なにゆえ、やつらはそのような真似をするのでございますか」

「俺と藍蔵が一緒では、俺を倒せぬとやつらが覚ったからだ」

「それで、志乃どのをかどわかしたのでございますか」

首肯して一郎太は言葉を続けた。

「この文のいう通り、藍蔵は一人で志乃を救いに目赤不動に行く」

「はっ、まいります」

一郎太を見つめて藍蔵が相槌を打つ。

「藍蔵が目赤不動に行っているあいだに、やつらは俺に襲いかかってくるであろう」

「ならば、それがしは月野さまのそばを離れるわけにはまいりませぬ」

目に光を宿らせて藍蔵がいった。

「藍蔵、それはならぬ」

強い口調で一郎太は命じた。

「そなたは志乃を救いに行かねばならぬ」

「しかし、それでは月野さまが……」

「藍蔵、俺を甘く見るでない。それに我らが引き離されるのなら、敵も二分されるということよ」

藍蔵を見据えて一郎太はいった。

「俺を襲ってくる羽摺りの者は、四天王が二人であろう。下っ端もいるであろうが、それらは数に入れずともよい」

「はっ」

「いくら四天王が凄腕とはいえ、二人だけなら俺は殺られぬ。さすがに三人だと、危うい気がせぬでもないが……」

「月野さまがそうと覚っているなら、羽摺りの者どもも同じではありませぬか。三人で襲ってきませぬか」

「襲ってこぬ」

藍蔵を見て一郎太は断じた。

「藍蔵も、目赤不動で四天王のうちの一人と戦うからだ」

「それがしが、四天王の一人と戦うのでございますか」

「俺が四天王の二人と戦っているあいだ、一人がそなたの足止めをせねばならぬからな」

「なるほど」

藍蔵が合点のいった顔になった。

「だから、やつらは三人がかりで月野さまを襲わぬということですね。三人で月野さまを襲えば殺れるかもしれぬとわかっていても、一人はそれがしを目赤不動に釘付けにせねばならないと……」

「その通りだ。藍蔵、今日は頭がよく働いているではないか」

藍蔵に向かって一郎太は軽口を叩いた。

「このくらい、いつもと変わりありませぬ」

藍蔵が、一郎太を危ぶむような目で見てきた。

「しかし、まことに月野さまは四天王二人を相手にして大丈夫なのでございますか。やつらも、二人でかかれば月野さまを殺れると勝算があるのではありませぬか」

「殺れると踏んでいるだろうな。俺が藍蔵を一人で目赤不動に行かせるのも、やつらは織り込み済みであろう」

「やつらは、そこまでわかっているのでございますか」

悔しげに藍蔵がいった。

「わかっているだろうな」

「許せぬ者どもだ」

ぎりぎりと藍蔵が歯を噛(か)み締めた。

「必ずあの世に送ってやる」

藍蔵の瞳に炎がゆらりと立ち上がるのを、一郎太は確かに見た。

——藍蔵が本気を出した姿を俺はこれまで目にしておらぬ。いったいどれだけ強いのか、正直わからぬ。

藍蔵を相手にする四天王の一人は驚くであろうな、と一郎太は思った。

三

いったん一郎太と藍蔵は根津の家に戻った。

「藍蔵、腹は空いておらぬか」

一郎太にきかれて、藍蔵は首を横に振った。

「それがしは空いておりませぬが、月野さまはいかがでございますか」

一郎太の身が案じられ、藍蔵はたずねた。

「いや、まるで空いておらぬ。藍蔵が空腹でなければ、俺はなにも食べずとも構わぬ」

「しかし、月野さま、大丈夫でございますか。空腹のまま、羽摺り四天王との戦いに臨めますか」

「臨めるさ」

小さな笑みを浮かべて、一郎太が請け合う。

「藍蔵もわかるだろうが、人というのは、食べぬほうが体はずっと軽いものだ。戦国の昔の者たちも、戦の前に腹ごしらえはしなかったと思うぞ」

「えっ、そうなのでございますか」

「むろん、戦国の昔について俺も詳しくは知らぬ。だが、せいぜい酒くらいしか口にしなかったのではあるまいか」

　戦国の頃の酒の扱いについては、藍蔵も耳にしている。酒には恐怖を和らげる効き目があり、兵たちに盛んに飲ませたという話が残っているのだ。

「食べ物を食したあとに激しく動いたりすると、脇腹が痛くなるし……」

「それはございますね」

「腹を空かせて戦いに臨んだほうが、最も望ましい締めくくりを迎えられるように俺は思うのだが、藍蔵、どうだろうかな」

「それがしも、月野さまと同じ思いでございます。なにも食べぬほうが心気を静めやすいと申しましょうか……」

「空腹のときのほうが、心が研ぎ澄まされるよな」

　はい、と藍蔵は答えた。

「磨き上げられた刀のような心持ちになれば、藍蔵、勝負には決して負けぬぞ」

「前に月野さまがお話しくださった、岩燕の心の持ちようでございますな」

「秘剣滝止の由来か」

一郎太がにこやかに笑んだ。その笑顔を見ると、藍蔵は気持ちがとても落ち着く。

「鷹に追いかけられていた岩燕は、恐怖で一杯だっただろう。だが生きんがために死ぬ気で滝に突っ込んでいき、ものの見事に滝の裏側に突き抜けた。その瞬間、岩燕は無心になったのだ」

「おっしゃる通りでございましょう」

「一方、鷹は岩燕を仕留めたいという欲に駆られつつ、滝に突入した。それゆえ無心になれず、滝に打たれて無残に死んだ」

「岩燕になれれば、勝てますな」

「ああ、必ず勝てる」

藍蔵を見つめて一郎太が大きくうなずいた。

「月野さま、それがしは志乃どのを救います。無心で、戦うつもりでおります」

「自分のために戦うより、そのほうがずっとよい」

「それがしは秘剣滝止を使えませぬが、その極意だけは頂戴しておきます」

「必ず勝てる」

一郎太に太鼓判を押された藍蔵は、その後、自室に引き上げ、畳の上に横になった。

志乃が案じられてならない。とても平静でいられない。

——志乃どのになにかあったら、俺は腹を切って果てるぞ。

天井をにらみつけて、藍蔵は決断した。だが、と気づいた。

——それでは月野さまに対する不忠になるだろうか。

主君の許しを得ずに死を選ぶのは、家臣として道に背くのではあるまいか。

——つまり、俺はどうあっても死ねぬのだ。

となると、と藍蔵は考えた。なんとしても志乃を助け出し、自分も生きるしか道は残されていない。

これはきっと、と藍蔵は思った。天が生きろと命じているにちがいない。天が命ずる通りにするまでだ、と藍蔵は意を決した。

ゆっくりと起き上がり、天井を見上げる。

——そろそろ刻限だろうか。

目赤不動と呼ばれる南谷寺(なんこくじ)は、駒込浅嘉町(こまごめあさかまち)の日光御成道(にっこうおなりみち)沿いにある。ここからなら、四半刻もかからずに行ける。

刻限は、すでに四つ半を過ぎているだろう。もう行ったほうがよいな、と藍蔵は思った。約束の刻限に遅れるような失態は、決して犯したくない。

すっくと立ち上がり、刀を腰に帯びる。腰高障子を開け、藍蔵は廊下に足を踏み出した。一郎太の部屋の前で立ち止まり、月野さま、と中に声をかけた。

「藍蔵か」

応えがあり、襖が開いた。そこに一郎太が立っていた。

「行くか」

「はっ。行ってまいります」

「藍蔵、勝って戻ってくるのだ」

「わかっております」

「よいか、藍蔵。これを今生の別れとはせぬぞ」

「はい、天命でございますから」

一郎太に向かって、藍蔵は深々とこうべを垂れた。

「では、行ってまいります」

「うむ」

藍蔵が廊下を歩き出すと、後ろに一郎太がついてきた。式台に腰を下ろし、藍蔵は草鞋を履いた。

「どうだ、履き心地は」

笑みをたたえて一郎太がきいてきた。

「とてもようございます。これなら、存分に戦える気がいたします」

「藍蔵なら大丈夫だ。負けはせぬ」

「ありがたきお言葉にございます」

「よいか、藍蔵。無心だぞ。岩燕の心だ」

「肝に銘じておきます。生きんがために勝とうと思わぬのが、肝要でございましょう。それがしは決して欲をかかず、死ぬ気でまいります」

「それでよかろう。死を決した者こそ、生き残るものだ。だが藍蔵、そなたは自信を持ってよいのだぞ。これまで俺と数限りなく稽古をこなしてきた。その経験は大いなる糧となっているはずだ。そなたは抜群に強いのだ。わかったか」

「はっ、わかりましてございます」

一郎太に口を極めて褒められ、藍蔵はこそばゆかった。式台から立ち上がり、板戸を開けた。朱雀に蹴破られたあとだけに、さすがに建て付けがよくない。

——ああ、これも直さねばならぬな。

そのためにも、と藍蔵は思った。必ず生きて帰らねばならぬ。

敷居を越え、外に出る。一緒に一郎太も出てきた。

いきなり腰の刀を鞘ごと外し、一郎太が藍蔵に差し出してきた。藍蔵は目をみはった。

「藍蔵、これを持っていけ」

「いや、月野さまの差料を受け取るわけにはいきませぬ。しかも、二人の四天王を相手にせねばならぬときでございますぞ」

「俺はそなたの刀を使わせてもらうゆえ、大丈夫だ」

「しかし――」

「よいのだ。これを使って藍蔵は戦え」

「できませぬ。秘剣滝止は、この摂津守順房(せっつのかみよりふさ)と一体になってのものではありませぬか」

「それはない」

小さく笑って、一郎太がかぶりを振る。

「どんな刀であろうと同じように使えねば、秘剣の意味はなかろう」

「そうかもしれませぬが……」

「藍蔵、よいから、持っていけ。そなたと対峙(たいじ)する羽摺り四天王の一人がどのような得物で来るのかわからぬが、摂津守順房を持っておれば、恐れるものなどなにもない。藍蔵が望む形で、必ず最後を締めくくられよう」

さあ、といって一郎太が刀を押しつけるようにする。ついに藍蔵は根負けした。

「月野さま、まことによろしいのでございますか」

ああ、と一郎太がにこりとして答えた。

「では、遠慮なく」

藍蔵は自分の腰から愛刀を取り、それと摂津守順房を交換した。摂津守順房を腰に差す。

「それがしの刀で、月野さまは不足ございませんか」

「不足どころか、かえって役に立とう。そなたの愛刀は滝止に向いておるのだ」

はっ、と気づいて藍蔵は一郎太を凝視した。

「まさか月野さまは、摂津守順房を形見(かたみ)にするつもりではないでしょうな」

はは、と一郎太が快活な笑いを見せた。

「そのような気持ちは一切ない。藍蔵、安心しろ」

「それならよいのですが……」

一郎太が藍蔵の刀を腰に帯びた。

「無銘(むめい)だが、この藍蔵の刀も素晴らしいものだぞ」

「しかし、摂津守順房には遙(はる)かに及びませぬ」

「刀が少し劣るのは、腕で補ってみせよう。案ずるな」

月野さまの腕を信ずるしかあるまいな、と藍蔵は思った。

「藍蔵、摂津守順房に傷をつけぬよう気を遣わずともよいぞ。どんなに激しく戦っても、刀身や刃には傷一つつかぬゆえ」

「わかりましてございます」

「誰が俺の相手をつとめるかわからぬが、さして手数をかけずに葬ってみせよう」

藍蔵には、それが一郎太の大口とは思えなかった。

「では月野さま、行ってまいります」

一郎太にうなずいてみせ、藍蔵は歩き出した。

「藍蔵——」

すぐさま一郎太が、藍蔵の背中に声をかけてきた。

「なんでございましょう」

一郎太に向き直って藍蔵は問うた。

「俺のせいでこのような仕儀になり、まことに申し訳なく思う」

切なそうな顔でいい、一郎太が深々と頭を下げてきた。

その姿を見て胸が詰まり、藍蔵はあわてて一郎太に駆け寄った。咄嗟に一郎太の手をつかみ、お顔を上げてくだされ、といった。

「なんともったいないお言葉か……」

この寒さにもかかわらず、一郎太の手がずいぶんと温かかった。この温みを俺は、と藍蔵は思った。一生忘れぬ。

「寒がりのくせに、今日の月野さまの手は熱うございますな」

「そうか」

　一郎太自身、意外だったようだ。

「ええ。これほど温かければ、それがしの冷え切った頬に、なすりつけたいくらいでございます」

「構わぬぞ」

　いうや、一郎太が藍蔵の頬に手を押し当ててきた。ああ、と藍蔵の口から吐息が漏れ出た。とても気持ちよく、心が安らぐ。

　——俺は、この瞬間を永久に心に刻んでおくぞ。

　もっと一郎太の温みを感じていたかったが、刻限に遅れかねない。なんとか藍蔵は顔を手から離した。

「殿——」

　我知らず藍蔵は、一郎太をそう呼んでいた。

「藍蔵、俺は月野鬼一だぞ」

　苦笑を顔に浮かべて一郎太がいった。

「わかっております。つい……」

「うむ、そなたの気持ちはよくわかる」

　慈愛をたたえた目で、一郎太が藍蔵を見つめてきた。月野さま、と藍蔵は呼んだ。

「主君のために家臣が労を厭わぬのは、当たり前に過ぎませぬ。ゆえに、それがしに謝するなど、一切無用にございますぞ」

そうか、といって一郎太が鬢をかいた。

「謝るのなら、徳兵衛や志乃たちにだな」

「さようにございましょう」

よくわかった、と一郎太が真剣な顔でうなずいた。

「藍蔵、見事討ち取ってまいれ」

「はっ」

短く答え、藍蔵はくるりと袴の裾を翻した。再び歩き出す。

背後で一郎太が道に立ち、藍蔵を見送っているのが知れた。

——これを今生の別れになど、決してせぬ。

唇をぎゅっと嚙み締めて、藍蔵は思った。強い風が音を立てて吹き寄せてきたが、気が高ぶっているせいか、あまり寒さを感じなかった。

——手がかじかまぬのはありがたいが、これではいかぬ。

気を落ち着けなければならない。なにかよい手立てはないか、と藍蔵は考えた。

——志乃どのを想うのが、最もよかろう。

なんといっても、志乃の顔を思い浮かべるだけで幸せになれるのだ。

俺は、と藍蔵は考えた。

――いつ志乃どのに惚れたのだろう。

まちがいなく会った瞬間である。一目惚れというやつだ。雷に打たれたも同然になったのだ。

――月野さまによれば、志乃どのも俺を憎からず思ってくれているらしい……。

それが本当なら、志乃も藍蔵に一目惚れをしたのだろう。

志乃どのは、と藍蔵はさらに考えた。焼餅焼きで、たまに目を三角にして怒るが、もともとはとても気の優しい女性である。包丁の腕も達者だし、あれほどの女性はこの世に二人といないと思う。

――もし一緒になれたら、俺は幸せだろうなあ。

だが、志乃は槐屋徳兵衛の一人娘である。志乃と一緒になるのは、槐屋の婿に入ることを意味する。

――つまり俺が、徳兵衛どのの跡を継がねばならぬのだ。俺に、そのような大任がつとまるはずがない。

自分が志乃の婿となり、やがて槐屋のあるじとなって店の采を振る。そんなことは……、と藍蔵は思った。うつつになるとは、とても思えない。

――となると、俺はいずれ志乃どのをあきらめねばならぬのか。

考えられぬ、と藍蔵は顔をゆがめた。

――志乃どのをほかの誰かに渡すなど、できようはずがない。

志乃を他者に取られないためにどうするか。藍蔵の中で、よい手は浮かばない。手立ては一つか、と思う。

――俺が成長し、徳兵衛どのの跡を継ぐにふさわしい男になるしかない。

そうするしか手がないのなら、と藍蔵は卒然として思った。

――俺は、徳兵衛どののようになってみせる。必ずなってみせよう。

道を踏み締めて歩きつつ、藍蔵はかたく決意した。

――これからどうするつもりであれ、とにかく志乃どのを助け出さなければ、話にならぬ。

やがて道は駒込肴町に至り、日光御成道に出た。ここまで来れば、目赤不動は目前といってよい。

江戸にはほかに目白不動、目黒不動とあり、南谷寺は最初、目赤ではなく赤目不動と呼ばれていたらしいが、三代将軍家光に目赤不動と名を変えるよう命じられ、今の場所に移ってきたという。白、黒、赤の三つの不動は江戸の三不動と呼ばれている。

そういえば、と藍蔵は思い出した。白、黒、赤の三不動は、四神とつながりがあるともされているのではなかったか。

――それゆえ、羽摺り四天王は目赤不動を勝負の場に選んだのだな。自分たちにとって、善事があると踏んだのだろう。

羽摺りの者は、意外に迷信深いたちなのかもしれない。

——忍びというのは、陰陽五行と深く結びついている。迷信深いのも、当然かしれぬ。

日光御成道に入って四町ほど歩いたところで、藍蔵は足を止めた。

——ここだな。

街道の左側に、立派な山門が建っている。そこに大聖山南谷寺と墨書された扁額が掲げられていた。

藍蔵は袴を上げ、股立ちを取った。刀の下げ緒で襷掛けをする。

背筋を伸ばしてしゃんとし、山門をくぐる前に境内を眺めた。目赤不動として江戸の町人たちの篤い信仰の場となっている寺だが、参詣人の姿は一人も見当たらなかった。

——そういう刻限なのだろうな……。

境内は広くない。いや、江戸の寺ではかなり狭いほうだろう。このあたりには、日光御成道沿いに多くの寺が建ち並んでいるが、その中で最も狭いのではないか。

斜向かいに見えている大きな寺は、吉祥寺である。南谷寺の境内の広さは、吉祥寺の十分が一も満たないように見えた。

一礼して山門をくぐり、藍蔵は石畳を踏んで本堂に近づいていった。右手に、目赤不動が祀られている不動堂がある。

その陰から、ふらりと一人の男があらわれた。忍び装束には身を包んでいない。着流し姿で、浪人のような形をしていた。腰に短めの刀を一本、差している。

――ほかの得物はないのか。

油断せず、藍蔵は目を険しくして男を見た。

――こやつが俺の相手をするのだな。

二間ほどを隔て、藍蔵は男と相対した。

「きさま、羽摺りの者だな」

「さよう」

低い声で男が答えた。

「四天王の一人か」

「そうだ。神酒藍蔵、一人で来たか」

「当たり前だ」

藍蔵としては吼えたかったが、ここは寺の境内でもあり、我慢した。

「それは、きさまもわかっているだろう。きさまの配下が何人も街道に出て、わしを見張っておったぞ。もし俺が一人でなかったら、きさまに注進する手はずになっていたはずだ」

藍蔵は当て推量でいったのだが、どうやら合っていたようだ。

「殺す前に、名を聞いておいてやる」

ふふ、と男が余裕を感じさせる笑みを漏らした。

「おぬし、俺に勝てると思うておるのか」

「おう」

「身のほど知らずは、よくないぞ」

「俺は、ただ理を述べておるだけだ」

「理をな……」

「ああ。それで、きさまの名はなんというのだ。四神のうちの一つだろう。白虎は、我が殿が倒したゆえ」

そのとき、男の目がぎらりと光を帯びた。

──ほう。仲間を殺され、我が殿にうらみを抱いているのか……。

男を見つめつつ藍蔵は続けた。

「朱雀は女だ。残るは青龍と玄武だが、きさまはどちらだ」

「青龍だ」

ならば、朱雀と玄武が一郎太のもとに向かったのだろう。

——その二人もさぞかし手強いだろうが、我が殿ならきっと大丈夫だ。

ぎゅっと拳を握り込んで、藍蔵は思った。

「本当は、俺が百目鬼一郎太を殺りたかった。白虎が殺されるのを目の当たりにしたからな」

「そうか、あのときさまは不動の滝にいたのか」

「滝の上から見下ろしていた」

滝の上のほうに紙垂のついた注連縄が張られていたのを、藍蔵は思い出した。

——この男は、あの注連縄のさらに上にいたのか……。

「四天王の他の二人が、どうしても百目鬼一郎太を殺りたいといってきた。俺は譲らざるを得なかった」

「忍びにしては人がよいのだな」

「二人がかりで一人を殺すより、一人で一人をなぶるように殺したほうが面白いと思った。ただそれだけだ」

「ちがうな」

青龍を見据えて藍蔵は決めつけた。

「きさまは我が殿を恐れているのだ。我が殿とやり合えば、死ぬのがわかっているのだ。不動の滝で、我が殿の強さを目の当たりにしたからな。あの強さにきさまは怯み、俺に矛先を向けてきたに過ぎぬ」

「そうではない。俺が、百目鬼一郎太ごときに殺られるわけがなかろう」

「ごとき、というほど我が殿は弱くないぞ」

「だが、俺よりは弱い」

「さて、どうかな」

青龍を冷ややかに見やって、藍蔵はかぶりを振った。

「ところで、きさまが志乃どのをかどわかしたのか」

「そうだったら、どうする」

うそぶくように青龍がいった。

「別にどうにもせぬ。ただ殺すだけだ」

「境内に人もおらぬ。頃おいであろう。よし、やるか」

「その前によいか」

「なんだ」

眉間に太いしわを寄せて、青龍が藍蔵を見据えてきた。

「志乃どのはどこにいる」

「ここに連れてきておる」

「どこだ」

「俺を倒して、捜せばよかろう。広い境内ではない」

「嘘(うそ)ではなかろうな」

「嘘などつかぬ。ただし、志乃を呼んでも返事はせぬぞ」

青龍が薄ら笑いを見せた。その笑顔を見て、藍蔵はぎくりとした。

「まさか殺したのではあるまいな」

ふふっ、と青龍がまた笑った。

「いくら忍びが残酷といえども、無益な殺生(せっしょう)はせぬ」

「志乃どのは、まことに生きておるのだな」

念を押すように藍蔵はいった。

「眠っているだけだ」

眠っているのか、と藍蔵は思った。

——生きていればよい。俺はほかになにも望まぬ。

「よし、やるか」

先ほどと同じ言葉を青龍が繰り返す。

「ああ」

短く答え、藍蔵は抜刀した。さすがに摂津守順房だけはあり、手にしっくりと馴染(なじ)む。刀身の釣り合いが絶妙だ。おそらく振り下ろしたときに釣り竿でも投げるような感じになるのではないか。なんの重みも感じはしないのだろう。

——やはりちがうな。

摂津守順房を構えているだけで、一段どころか二段くらい、優に強くなったような気分になった。

——いや、この名刀には、まちがいなくそれだけの験力があるのではないか。

藍蔵がさらに強くなるのを願って一郎太は、摂津守順房を貸してくれたのであろう。

——我が殿のためにも、死ぬわけにはいかぬ。この恩を必ず返さねばならぬ。

なにか名刀のにおいでも感じ取ったのか、青龍も摂津守順房をじっと見ている。しばらくして摂津守順房から目を離し、息をついた。

それと同時に重い殺気が青龍から放たれはじめた。藍蔵の体を搦め捕らんばかりの強さである。

負けるものか、と藍蔵も自らに気合を入れた。足腰に力を入れ、思い切り踏ん張る。

青龍は腰の刀を抜くのかと思ったが、そうではなかった。手を後ろに回し、がちゃがちゃと音をさせたのだ。

——なんと。

なんだと藍蔵は思った。次の瞬間、青龍の手には一つの得物が握られていた。

「鎖鎌か……」

これまでに何度か目にしているが、まさか実物と戦う仕儀になろうとは、藍蔵は夢にも思わなかった。

「行くぞ」

いうやいなや、青龍がひゅんひゅんと分銅(ふんどう)のついた鎖を体の横で回しはじめた。それがなんの前触れもなく飛んできた。

咄嗟に藍蔵は摂津守順房を合わせた。がきん、と音がした。分銅に導かれるように鎖が刀身に巻きつく。それを青龍が引っ張った。ぐいっ、と大きな力がかかり、藍蔵は刀を持っていかれそうになった。そうはさせぬ、と藍蔵も両腕に力を込めた。

それを見透かしたように、青龍が鎖を引っ張るのをやめた。藍蔵は体が後ろに持っていかれそうになった。

わずかな体勢の崩れを見逃さず、青龍が突っ込んできた。二間ばかりあった間合が一気に詰まり、鎌が斜めに振られる。

鎌を受け止めようとしたが、鎖が絡まっているせいで刀がうまく動かない。だが力を振りしぼってなんとか刀を持ち上げた。鎌が摂津守順房の刀身を強烈に打つ。

——どんなに激しく戦っても傷一つつかぬと我が殿はおっしゃったが、まことだろうか。

さすがに藍蔵はひやりとした。

不意に刀が軽くなった。

いったいどういう仕組みになっているのか藍蔵にはわからないが、鎖が刀身から一瞬で外れ、するすると青龍の手元に戻っていったのである。

分銅を手にした青龍が、再び鎖を回し出した。今度は体の横ではなく、頭上でぶんぶん振っている。

――別の手を使ってくるのか……。

鎖の回し方を変えたというのは、まちがいなく意味があるのだろう。

気合を発せず、またも青龍が鎖を放ってきた。藍蔵は刀を振り上げ、間近に迫った分銅を弾き上げようとした。

だが、刀身に当たろうとした瞬間、分銅の向きがいきなり変わった。なにっ、と藍蔵は驚愕せざるを得なかった。摂津守順房は空を切ったのだ。藍蔵はかろうじて分銅をかわした。分銅が顔の横を通り過ぎていく。だが、青龍が手首をひねると、分銅がとんぼ返りを打った。あっと思った瞬間、藍蔵は喉が苦しく、息ができなくなっていた。

――なんだ、これは。

鎖が首に巻きついていた。

――なんと。

鎖鎌とはこんな技もできるのか。

糸に搦め捕られた獲物に寄っていく蜘蛛のように、青龍が近づいてきた。藍蔵を間合に入れると、鎌を横に払ってきた。脇腹の上にある急所を狙っていた。

——まずい。

ただ、藍蔵の大力が幸いした。百目鬼家の家中の相撲取りで、最も強い男である。首に巻きついた鎖を手にするや、ぐいっと手前に引いた。

同時に体をひねるようにして、鎌を避けた。今度は、鎌が空を切った。

それでも、体のすぐそばをかすめていった。あと一瞬でもかわすのが遅れていたら、鎌の切っ先は藍蔵の体に突き刺さっていただろう。それで藍蔵はおしまいだった。

首にかかった鎖を、藍蔵は力任せに外した。地面に叩きつける。

大力を見せつけられた青龍が、ほう、と口を開けて瞠目している。

忍びがこれほどまでに感情を露わにするのは滅多にあるまい。よほど藍蔵の力の強さに驚いたらしい。

まるで蛇のように鎖が動き、あっという間に青龍の手元に戻っていった。再び鎖を振りはじめた。今度は体の前で振っている。

——またしても新たな技か。だが、いつまでもきさまの思い通りにはさせぬ。

藍蔵は目を閉じた。ひゅんひゅんと分銅のついた鎖が回っている音が耳に届く。

藍蔵が一度も戦った覚えのない鎖鎌だから、いったいどんな手を使ってくるのか、と恐怖にとらわれてしまうのだ。

ならば見ぬほうがよい、と藍蔵は判断した。目を開けば、また惑わされよう。

――無心だ。

藍蔵は自らにいい聞かせた。

――勝つと思うな。

勝とうと考えれば、死が待っている。

――よいか、俺は死ぬのだ。これから死地（しち）に足を踏み入れるのだ。そうだ、俺は滝に飛び込む岩燕だ。

鎖が回転する音が消えた。次の瞬間、分銅が藍蔵めがけて飛んできたのが知れた。

――欲を持つな。生きようと思うな。俺はここで死ぬのだ。

藍蔵は本気で死を覚悟した。えいっ、と鋭い気合をかけて、足を前に踏み出した。同時に、正眼に構えていた摂津守順房を振り下ろしていく。

大した手応えもなかったが、軽い音が立ち、なにかが足元に転がったと知れた。藍蔵はそれがなんであるかを確かめもせず、前に進んだ。

くそう、とつぶやく青龍の声が耳に入った。青龍がなにを悔しがっているのかわからなかったが、目を閉じたまま藍蔵はさらに深く踏み込んだ。

心眼に映る青龍に向かって、摂津守順房を袈裟懸けに振った。

一瞬、なにか堅い物に当たった手応えがあったが、さしたる衝撃を覚えなかった。

藍蔵は構わずに摂津守順房を存分に振り下ろしていった。

ぐっ、と息を詰まらせるような声がし、その直後、どさり、と重い物が倒れる音が聞こえた。同時に、青龍から放たれていた殺気が消えた。

——これは……。

摂津守順房を正眼に構え直して、藍蔵は目を開けた。眼前に、体を袈裟に斬り裂かれた青龍がうつ伏せに横たわっていた。手に持つ忍び刀の刀身が短くなっていた。摂津守順房に二つにされたのだ。

忍び刀を両断した摂津守順房は青龍の体も見事に斬り裂いていた。

——なんともすさまじい斬れ味だ。

これまで摂津守順房を手にした一郎太の戦いぶりを目にしていたものの、藍蔵は息をのむしかなかった。

倒れ込んだ青龍は傷口から臓腑とともにおびただしい血を流しており、かたわらには血だまりができはじめていた。

青龍は両腕を使ってなんとか体を持ち上げようとしていたが、ただいたずらに全身を痙攣させているに過ぎない。瞳は藍蔵に向けられていたが、そこに輝きはほとんど残されていなかった。今にも、青龍の命の灯が尽きようとしていた。

すっと後ろに下がると、藍蔵の足がなにかを踏んだ。見ると、分銅だった。

なんと、と藍蔵が目を大きく見開いたのは、分銅が真っ二つに裂けていたからだ。分銅だけでなく、分銅につながる鎖まで、摂津守順房は断ち切ったようだ。

分銅と鎖が真っ二つにされるのを目の当たりにしたとき、と藍蔵は思った。青龍はさぞかし仰天したであろう。

藍蔵がじっと見ているうちに青龍が最後の息を吐き、がくりと首を落とした。もはや身じろぎ一つしない。

——勝った……。

ふう、と藍蔵は大きく息を吐き出した。摂津守順房の刀身を見る。

一滴の血もついていなければ、一郎太のいった通り、本当に傷一つついていない。きれいなもので、神々しいほどである。

——この刀には、神が宿っているのではないか……。

藍蔵にはそうとしか思えない。

——これがあれば無敵だな。

摂津守順房なしで、青龍に果たして勝てたかどうか。

——勝っていたかもしれぬが、もっと苦戦したにちがいあるまい。

とにかく摂津守順房に傷がつかずによかった。摂津守順房を鞘におさめ、藍蔵は境内を見回した。

――どこに志乃どのはいるのか。

不動堂に藍蔵は近づいた。ここに目赤不動が安置されているのだ。

おや、と藍蔵は声を漏らした。なにか寝息のようなものが聞こえたのだ。

志乃どのではないか、と覚り、藍蔵は不動堂の裏手に回り込んだ。

地面の上に、志乃は仰向けになっていた。青龍が運んできて、地面に転がしたようだ。別に縛め（いまし）はされていない。

志乃はさらわれたときのまま寝間着を着ていたが、胸がゆったりと上下していた。

――ああ、よかった。

あまりに安堵の思いが強すぎて藍蔵は、その場にへたり込みたいくらいだった。

――それにしても、ちゃんと約束を守るなど、青龍とは、よいやつではないか。

それはない、と藍蔵はすぐに思い直した。

――まだ十八の娘をかどわかすなど、悪行（あくぎょう）としかいいようがない。

足早に志乃に近寄り、藍蔵はしゃがみ込んだ。志乃どの、と声をかける。だが、志乃は目を覚まさない。ぴしゃぴしゃと頬を叩く。それでも志乃は起きなかった。

――どうやら薬を飲まされているようだ。

とにかくよかった、と藍蔵は心から思った。志乃を両手で引き寄せた。少しためらったが、思い切り抱き締める。志乃の体の温かみが伝わってくる。

――ああ、まことに生きている。

志乃は眠ったままだ。藍蔵は志乃を抱きかかえ、不動堂の前に回った。

黒い体軀をしている目赤不動が、そこに鎮座していた。迦楼羅炎を背負い、一本の剣を手にし、結袈裟を肩にかけている。両眼は鋭く怖いくらいだが、どこか優しげな眼差しでもあった。

――殿、どうか、ご無事で……。

志乃を抱きかかえながら、藍蔵は目赤不動に祈った。

四

藍蔵の身が案じられてならない。

――やはり、一人で行かせるのではなかったか。いや、あれでよかったのだ。

すぐさま一郎太は思い直した。藍蔵が一人で行かなければ、志乃の身が危うい。

一郎太が藍蔵についていけば、羽摺りの者たちは、なんのためらいもなく志乃を殺すだろう。

忍びの者は容赦がない。それは戦国の昔から変わっていないはずだ。

志乃をかどわかしたのが、一郎太と藍蔵を引き離す策であるならば、藍蔵と戦うのは四天王のうちの一人である。この推量は、まずまちがってはいないだろう。

四天王のうち、すでに白虎は倒した。残るは三人だ。一人が藍蔵の相手をし、残りの二人が一郎太に襲いかかってくる手はずになっているにちがいない。

——藍蔵にもいったが、相手が一人ならば、藍蔵が後れを取るような仕儀には、まずなるまい。しかも、藍蔵は摂津守順房を携えているのだ……。

あの刀を藍蔵ほどの遣い手が持てば、ほぼ無敵であろう。負けるはずがない。なにより藍蔵は、一郎太と一緒に稽古をこなしてきた手練中の手練である。

——一対一なら藍蔵は必ず勝つ。

それを一郎太は確信している。

——仮に摂津守順房を所持していなかろうと、藍蔵は勝つ。

いま文机の前に座し、一郎太は書物を読んでいた。だが、一文字たりとも頭に入ってこない。

もう一度、読んでみるかと一郎太が『大学』に目を落としたとき、なにか気配を嗅いだように思った。おや、と面を上げ、戸口のほうへ顔を向けた。誰かが戸口に立っているのが気配から知れた。

——羽摺りの者ではないか。

畳に置いてある刀を手に取り、一郎太は腰高障子を開けて廊下に出た。腰に刀を差し、歩き出す。

三和土に下り、躊躇なく戸を横に滑らせる。少しがたついたが、戸は難なく開いた。

眼前に朱雀が立っていた。

「ほう、依子、そなたが刺客の一人なのか。俺に敵わぬのは、もうわかっておるのではないか」

「ちがう」

「依子、いや朱雀であったな、ここで俺とやり合うつもりか」

朱雀は無言で一郎太を見つめている。

ようやく朱雀が声を発した。

「ついてこい。槐屋を引き取らせてやる」

一郎太をにらみつけ、朱雀がいった。

「ありがたし」

一郎太から笑みがこぼれた。

「その前に一つきいてよいか」

一郎太は朱雀に声をかけた。

「なんだ」

「徳兵衛は無事だろうな。せっかく引き取りに行ったのに、死んでいたというのでは、たまらんからな」

「生きているに決まっておろう。あの男を殺して、なんの益があるのだ。我らは無益な殺生はせぬ。これで答えになっておるか」

「ああ、十分だ」

ふん、と鼻を鳴らした朱雀が一郎太に背中を見せ、歩きはじめた。一郎太にはその姿が、ずいぶん無防備に見えた。もし斬りかかれば、あっさりと倒せそうだ。

だが、そのような真似をすれば、徳兵衛の身が危うい。朱雀もそれがわかっているからこそ、これほどまで悠然（ゆうぜん）としていられるのであろう。

朱雀の背中を見つつ歩いていると、四半刻もかからないうちに町並みが切れた。あたりは、だいぶ緑が多くなってきている。

――もう藍蔵は、戦いはじめただろうか。

いや、そうではなく、今頃は決着がついたかもしれない。

――藍蔵、そなた、勝ったであろうな。もし負けていたら、許さんぞ。

緑の濃さが増すと同時に、肥（こえ）のにおいも濃くなってきた。何軒かの百姓家が散見できるだけで、あたりは田畑や雑木林に変わっていた。

やがて朱雀が、大きめの雑木林につながる小道に入った。一郎太はなにもいわずにあとをついていった。

雑木林を抜けたところに、一軒家が建っていた。その家の前で、朱雀が足を止めた。

――これが、羽摺りの者の隠れ家か。

家を見上げつつ、一郎太も立ち止まった。

――俺は今どのあたりにいるのか。

雑木林のあいだから見える景色を眺めやると、場所の見当がついた。

――ここは谷中ではないか。

ふと、家の中にいやな気配が巻き起こったのを、一郎太は感じた。じっと戸口を見ると、家の中から、ふらりと一人の男があらわれた。

中肉中背の男で、昨夜、戦った者とは異なる。男が足早に一郎太の前までやってきた。

「そなたは誰だ」

男をにらみつけつつも、一郎太はゆったりとした口調できいた。

「玄武だ」

胸を張って男が答えた。

――ほう、これが玄武か。では、昨夜の男が青龍なのだな。青龍が藍蔵の相手というわけか。

青龍も手強かったが、藍蔵ならきっと葬れよう。

——とにかく、これで四天王が全員、揃ったのだな。しかしこの男、どこかで会ったような覚えがあるぞ……。

玄武を見つめつつ、一郎太は心中で首をかしげた。いつどこで会ったのか、思い出せない。いや、この男には、これまで一度たりとも会ってはいない。

それなのに、見覚えがあるとは。

別に構わぬ、と一郎太は思った。

——いずれ思い出そう。

「よし、やるか」

一郎太を見つめて、玄武がいざなってきた。玄武の体から強い殺気が放たれつつあり、それが一郎太の体をがんじがらめにしようとしている。

だからといって、一郎太は恐怖を覚えはしなかった。心に余裕がある。この男の殺気など大したものではない。

「ああ、いつでもよいぞ」

頬に笑みをたたえて一郎太は答えた。

「いや、しばし待て」

にやりと笑って、玄武がいったん家に入った。土間になにか置いてあり、それを玄武が持ち上げた。それは熊手のような形をしており、四本のがっちりとした鉄製の指が目立っていた。

「手甲鉤か」

一郎太がきくと、玄武が感心したような顔になった。

「ほう、よく知っているな」

「俺は、得物には造詣が深いのだ」

「ほう、そうか。きさま、手甲鉤と戦った経験はあるのか」

「ない」

「それはよかった。最初にして最後だが、きっとよい経験になろう」

両手に手甲鉤を着けて、玄武が家の外に出てきた。目に鋭い光を宿し、一郎太をねめつけてくる。

朱雀は、四間ほどを隔てて一郎太の横に立っていた。いずれ、一郎太の隙を見て、吹き矢を飛ばしてくるつもりであろう。

両手の手甲鉤をがしゃんがしゃんと叩き合わせながら、玄武がじりじりと近づいてくる。

一郎太は刀を抜いた。不意に、一郎太の背後から風が吹き込んできた。それに押されるように、一郎太も少しだけ前に出た。

一郎太の視界には、いま玄武だけが入っている。

——心気が研ぎ澄まされている証だ。

だが、玄武だけに気を配ってはいられない。横に朱雀がいるのだ。吹き矢が、いつ飛んでくるか知れたものではない。どんなかすかな音も、聞き逃さないようにしなければならない。

すい、となにかが一郎太の目の前をよぎった。燕のようだ。

——この時季に燕がおるのか。

いや、すぐに一郎太は思い出した。冬を越す燕は、さして珍しくもない。江戸でもときに見かけるではないか。

この雑木林のどこか、あるいは羽摺りの者たちの隠れ家に巣をつくっているのだろう。

ひゅっと音がした。

一郎太は朱雀にちらりと目を投げた。

吹き矢ではなかった。いきなり燕が一郎太のほうに突っ込んできたのだ。ひゅっ、という音は、朱雀が燕に発した合図だったのだ。

——なにっ。

一羽の燕になにができるとも思えなかったが、さすがに燕は速く、一郎太は頭を下げざるを得なかった。一郎太の頭上を燕が飛び去っていく。

また、ひゅっと音がした。また合図かと思ったが、そうではなかった。今度は吹き矢が飛んできた。一郎太は刀で、ばしっ、と吹き矢を叩き落とした。同時に、前から玄武が突進してくる。

玄武とは亀の霊獣のはずだが、亀とはとても思えない素早さだった。一気に一郎太を間合に入れるや、右手の手甲鉤を頭上から振り下ろす。

一郎太は刀で手甲鉤を受けた。がきん、と強烈な衝撃があった。背が縮んだのではないかと思えるほどの強さだ。

玄武が右手をひねると、手甲鉤に刀が搦め捕られそうになった。刀を持っていかれるわけにはいかず、一郎太は両腕に力を込めた。

すかさず玄武が左手の手甲鉤を払うようにしてきた。一郎太の胴を狙っている。

このままではやられる。一郎太は玄武の左の太ももを蹴った。がつ、とかたい音がし、玄武がよろめく。手甲鉤は、一郎太に届かなかった。

また吹き矢が飛んできたかと思い、一郎太は、さっとかがみ込んだ。頭をかすめるようにして燕が飛び去っていく。

――朱雀、燕を手なずけたか。鬱陶しいぞ。

体勢を立て直した玄武が、一郎太に向かって手甲鉤を振り下ろしてきた。

それを一郎太は刀で弾き上げた。今度は刀を搦め捕られないように注意する。

手甲鉤を刀で弾かれたとはいえ、玄武は攻撃を止めず、一郎太を再び間合に入れた。右手の手甲鉤を振り下ろしてくる。同時に下からも左手の手甲鉤を振り上げてきた。二方向からの攻撃である。

迷わず一郎太は後ろに下がり、距離を取った。そこに、また吹き矢が飛んできた。半身になって避けたものの、玄武がさらに近づいてきた。下から振り上げてきた手甲鉤が一郎太の顎をかすめていった。

それだけで、顎ががくんと上に持ち上がった。痛みはほとんどないが、その衝撃の強さに一郎太は驚いた。

かすめただけでこれなら、まともに受けたらいったいどうなるのだろう。

――とにかく朱雀が邪魔だ。

横からの吹き矢に体勢を崩されている。一郎太は朱雀が忌々（いまいま）しくてならなかった。

二人の四天王を相手にするのは、さすがにきつかった。

――藍蔵に大口を叩いたくせに、死ぬのは俺のほうかもしれぬ……。

一郎太の弱気を知ったか、玄武がにやりと笑った。一郎太はその面が憎々しくてならかった。

玄武がまた突っ込もうとしている。背筋を伸ばし、一郎太は迎え撃つ姿勢を取った。来いっ、と自らに気合をかけるように玄武にいった。

そのとき、うっ、と横から息が詰まったような声がした。見ると、両膝が割れ、朱雀がくずおれている。ううぅ、とうめいて地面に倒れ伏す。それを最後に息絶えた。背中に大きな傷があり、おびただしい血が流れはじめていた。

——どうした朱雀、なにがあった。

朱雀が立っていた場所に、ずいと出てきたのは興梠弥佑だった。右手に血のついた刀を握っている。

弥佑を見て、おっ、と玄武が驚きの声を発した。一郎太はその機を逃さず、玄武に向かって一気に突っ込んだ。玄武を間合に入れるや、刀を振り下ろしていく。

一度は、一郎太の斬撃を撥ね上げた。だが、一郎太の猛烈な斬撃を受け止めきれず、玄武は体勢を崩した。そこに一郎太は容赦なく突きを見舞った。突きがさらにひと延びして、必死でかわそうとした玄武の喉元に定寸より長い藍蔵の刀尖が突き刺さった。

玄武はぴくりとも動かなかった。玄武の両目が飛び出さんばかりになっている。確かめるまでもなく、すでに息絶えていた。刀を引き抜くと、音を立てて玄武が倒れた。

「月野さま、大男の藍蔵の差料の長さが活きましたな」

「弥佑——」

肩で大きく息をし、一郎太は弥佑を見た。

「来てくれたのだな」

弥佑は申し訳なさそうな顔をしている。

「ええ。それがしは、ずっと月野さまのあとをつけていたのですが……」

「なに、まことか」

一郎太には、にわかには信じられない。

「敵に気づかれぬようにするため、ちと月野さまから離れすぎました。こたびは駆けつけるのが遅れ、まことに申し訳ございませぬ」

弥佑が深く頭を下げてきた。

「いや、来てくれただけでよい。正直、この二人を相手にし、勝てる気がしなかった」

「えっ、さようでしたか。それがしには余裕のある戦いぶりに見えましたが……」

ははは、と一郎太は力ない笑いを漏らした。

「それはないな……」

余裕など、一郎太には微塵もなかった。

「とにかく、そなたのおかげで、羽摺り四天王を倒せた。かたじけない」

「いえ、礼をいわれるほどではありませぬ。では月野さま、それがしはこれで失礼いたします」

　弥佑は一礼し、その場を去っていった。

「ああ、気をつけて帰ってくれ」

　弥佑の姿を見送りつつ、一郎太は刀を鞘におさめた。そばに落ちている吹き矢に気づいた。ふと頭をよぎる光景があり、吹き矢を拾い上げ、袂にそっとしまい込んだ。

　四天王の隠れ家に入り、徳兵衛の姿を求めて中を捜した。徳兵衛はあっけなく見つかった。居間とおぼしき部屋に、縛めをされて転がされていた。

　気絶していたが、息はしている。ぴしゃぴしゃと頬を叩くと、目を覚ました。

　一瞬、暴れかけた。

「徳兵衛、俺だ」

　一郎太がいうと、ほっとしたように目をつむった。一郎太は、徳兵衛の猿ぐつわを外した。

　一郎太を見る徳兵衛の目は輝いている。これだけ瞳に力があれば、と一郎太は安堵した。徳兵衛は大丈夫であろう。

　ふう、と徳兵衛が息をつく。

「必ず月野さまが来てくださると、手前にはわかっておりましたよ」

　にこにことして徳兵衛がいった。

「徳兵衛、怪我はないか」

「どこにもありません。あの者どもの、手前への扱いは丁寧なものでしたから」

「そうか。それはよかった」

徳兵衛の無事な姿に、一郎太の口から大きな息が漏れ出た。

「ところで月野さま、あの、ここにいた者どもはどうしたのですか」

「殺した」

徳兵衛が天井を見上げた。

「全員ですか」

「俺が手にかけたのは二人だが、ここにはもっといたか」

「はい、数人の男がおりました。偽の依子もですが……」

「朱雀も殺した」

「そういう名でしたな」

深い色を瞳にたたえて、徳兵衛が一郎太を見る。別に朱雀を哀れんでいる様子はない。徳兵衛なりに頭をよぎるものがあるのだろう。

「殺さぬほうがよかったか」

「いえ、仕方ありませんでしょう。月野さまにはそうせねばならないわけがあるのでしょうし、容赦できない事情もあったのでしょう」

「やつらは志乃もかどわかしたのだ」

「えっ、なんですと」

さすがに徳兵衛の顔色が変わった。

「いま藍蔵が取り戻しに行っておる」

「娘は無事でございましょうか」

「志乃は無事だ」

「ならば、大丈夫でしょう」

ほっとしたように徳兵衛がいった。

「月野さまの勘はよく当たりますから」

「とにかく、いったん槐屋に戻ろうではないか。店の者もそなたを案じておるしな」

「ああ、さようにございましょうな」

奉公人を思ってか、徳兵衛が眉根を寄せた。

「槐屋に戻れば、志乃の無事な姿が見られよう」

もし志乃が槐屋にいれば、藍蔵の笑顔も見られるはずだ。

途中、一郎太は徳兵衛のために辻駕籠（つじかご）を拾った。一郎太は駕籠について道を歩いた。

えっほえっほとのかけ声がかかるたびに、槐屋が近づいてくる。一郎太の胸が痛くなってきた。

——志乃と藍蔵がおらなんだら……。

目赤不動に行き、藍蔵と志乃の骸を引き取りに行かねばならない。

ついに駕籠が止まり、徳兵衛が下りた。徳兵衛は晴れ晴れとした顔をしている。槐屋は暖簾(のれん)がかかっていない。

戸に歩み寄り、徳兵衛が手をかけた。ごめんなさいよ、といって戸を横に滑らせる。

徳兵衛が両手を上げた。

わあっ、と歓声を上げて奉公人が一斉に徳兵衛に寄ってきた。その中に志乃もいた。

藍蔵も笑っていた。

——ああ、生きておったか。

一郎太は、その場にへたり込みたかった。そのくらい体から力が抜けた。

——二人とも無事でなによりだ。

一郎太の胸を深い喜びが浸した。藍蔵と志乃は、まるで夫婦のようにぴたりと寄り添っている。

「おとっつぁん」

叫ぶようにいって、志乃が徳兵衛に飛びついた。

「ああ、おまえも無事でなによりだ。ほっとしたよ。顔を見るまで、正直、どきどきしていたのだ」

徳兵衛の手が、優しく志乃の背中をさすっている。そばにお竹もいて、顔をほころばせていた。

その後、いったん家に戻り、体を休めた一郎太と藍蔵は夕餉をとりに槐屋に行った。徳兵衛は、すでに疲れの色をすべて取り払っていた。志乃とお竹の給仕で食事をとったら、元気一杯になったという。

夕餉を食べると、一郎太も力がみなぎったような気がした。藍蔵も同じようだ。

茶を喫しつつ徳兵衛が口を開く。

「とても怖かったですが、月野さま、手前は二度とない経験をさせていただきましたよ」

にこにこして徳兵衛が言葉を続ける。

「二度目はもう勘弁してほしいのですが」

それはそうだろうな、と一郎太は思った。

「徳兵衛と志乃には、まことに済まぬ仕儀になった」

一郎太は二人に深々と頭を下げた。

「いえ、どうか、お顔をお上げください。ああ、そうだ。先ほどお竹ちゃんに話したのですが、これからはうちで働いてもらいます」

「えっ、そうか。奉公人としてだな」

「下働きの下女として雇います。志乃の手伝いをしてもらいます」

「それは志乃もうれしかろう」

はい、といってそばに座る志乃がにこりとし、一郎太に告げた。

「お竹ちゃんも是非ここで働きたい、といってくれました」

「それはよかったな」

すっかり肌の色が戻ったお竹も弾けるような笑みを見せている。

「だが、徳兵衛、身請けはどうするのだ」

「もうそれについては手を打ってございます」

余裕たっぷりの笑みで徳兵衛がいった。なに、と一郎太は思った。

「徳兵衛、そなたは早々に陽葉里屋に行ったのだな」

「さようにございます」

胸を張って徳兵衛が答えた。

「では、陽葉里屋に九十両を払ったのか」

当たり前のような顔で徳兵衛がうなずく。

「もちろん、これは慈善ではありません。お竹ちゃん、いえ、お竹には、給金から返してもらいます」

「しかし、九十両を返すのは、大変であろう」

「一生かかるかもしれませんが、私はきちんと返していくつもりでございます」

一郎太と徳兵衛を見て、お竹がきっぱりと告げた。

五

数日後の昼過ぎ、お竹が一郎太たちの家にやってきた。

「是非とも月野さまと神酒さまにお礼をしたいのです」

畳に手をついてお竹が懇願するようにいう。

「私を生き地獄から救ってくださったのは、月野さまですから」

「いや、俺ではなかろう。徳兵衛や志乃ではないか。特に徳兵衛だな」

「それは、もちろんでございます。でも、月野さまとの出会いがあったからこそ、私はこうして健やかな暮らしを取り戻せたのです」

それはそうかもしれぬ、と一郎太は思った。

「わかった」

お竹を見つめて一郎太はうなずいた。

「礼をしたいというのなら俺は構わぬが、徳兵衛や志乃は一緒だな」

「もちろんです」

「それで、どこに行けばよい」

「今日の暮れ六つですが、ご都合はいかがでしょう」

「別になにも用事はない」

「それをうかがってほっといたしました」

お竹が胸をなで下ろす。

「月野さまは、この近くにある『迷い橋（まよいばし）』という料亭をご存じですか」

「行ったことはないが、名は聞いておる。とてもうまいらしいな」

「はい。私は昔、おとっつぁんが賭場で珍しく大勝ちしたときに連れていってもらったのですが、あのときのおいしさは、今も忘れられません」

「そうなのか。では、暮れ六つに『迷い橋』に行けばよいのだな。ただしお竹、俺は酒は飲まぬぞ。それでもよいか」

「もちろんでございます」

お竹がにこりとして答えた。

「では、お待ちしております。どうか、よろしくお願いいたします」

丁寧に礼をいって、お竹が槐屋に戻っていった。

暮れ六つ前に、一郎太と藍蔵は『迷い橋』に赴いた。

稲穂と雀が描かれた墨絵の扁額が飾られている十畳間に一郎太、藍蔵、徳兵衛、志乃、お竹が顔を揃えた。

『迷い橋』は魚料理で名を知られており、大皿に盛り付けられた刺身や煮物、焼物がところ狭しと並んでいた。

——酒と合いそうだな……。

並んだ料理を眺めて一郎太は思ったが、むろん、一滴たりとも飲むつもりはない。

「このたびは本当にありがとうございました」

畳に両手を揃え、お竹が辞儀した。

「こうして私が苦界を抜け出せたのも、すべてここにいらしてくださった皆さまのおかげでございます」

「いや、お竹ががんばったからだよ」

笑って徳兵衛がお竹にうなずきかける。

「自分で踏ん張らんと人は駄目なのだ。お竹が自らがんばってみせたからこそ、今の境涯があるのだよ」

お竹が面を上げた。

「私ががんばれたのも、皆さまが援助してくださったおかげです。これからもご鞭撻のほど、どうか、よろしくお願いいたします」

丁寧な言葉遣いでいって、お竹が深々と頭を下げた。

「よし、まずは乾杯いたしましょう」

声高らかにいって、徳兵衛がお竹の盃に酒を注いだ。徳利を持ったお竹が徳兵衛に注ぎ返し、志乃の盃にも注いだ。

「せっかくの席なのに、酒を飲まぬとは無粋で申し訳ないが……」

一郎太と藍蔵は水である。

「藍蔵、そなたは飲んでも構わぬぞ」

「いえ、月野さまが召し上がらぬなら、それがしも飲みませぬ」

「無理せずともよいのだ」

「無理などしておりませぬ」

「それならよいのだが」

息をついて一郎太は徳兵衛やお竹、志乃を見た。

「水盃とは縁起が悪いな。お竹、済まぬ」

「いえ、謝られるようなことではありません」

「まあ、お二人ともお酒を召し上がらないのでは、仕方ありませんな」

横から徳兵衛が言葉を添える。

「では改めて、乾杯いたしましょうか」

皆は一気に盃を干した。

「ああ、おいしい」

頬をゆるませて志乃がいう。

「志乃どのはいける口でしたかな」

藍蔵にきかれ、志乃が顔を赤らめる。

「お酒は昔からけっこう好きです」

「昔からというと、いつ頃でござるかな」

「子供の頃からです」

「それはまた筋金入りでござるな」

目を丸くして藍蔵がいった。

「皆さま、どうぞ、料理もお召し上がりください」

お竹に勧められ、一郎太はさっそく料理に箸をつけた。刺身も焼物も素材が吟味されており、実にうまい。

「どれも先ほどまで生きていたかのようだ。新鮮そのものだ」

吸物の椀を手に取り、一郎太は香りを嗅いだ。出汁がよく利いているのがわかる。椀にそっと口をつける。

その様子をお竹がじっと見ていた。

「どうかしたか、お竹」

「いえ、なんでもありません」

かぶりを振ってお竹も吸物を飲んだ。

突然、一郎太が、ううっ、とうめき、吸物の椀を手から落とした。中身が畳の上に盛大にこぼれる。

「どうしました、月野さま」

藍蔵が驚いて、一郎太の体を支える。一郎太が口から泡を噴き出した。喉を押さえながら畳の上をのたうち回って、苦しみもだえる。

「誰か、医者を呼んでくれ」

叫んだ徳兵衛が、襖を突き破るような勢いで部屋の外に飛び出した。廊下を走っていく。

次の瞬間、顔を真っ赤にした一郎太はがくりと首を落とし、身動き一つしなくなった。

「息をしておらぬ……」

愕然(がくぜん)とした様子で藍蔵がいった。

「まさか……」

「月野さま、月野さま」

口をわななかせてお竹が呼びかけてきた。ああ、と藍蔵が悲鳴とも嘆声ともつかない声を発した。

「月野さまが死んでしまった……」

お竹に顔を向け、藍蔵が力なくつぶやいた。

「月野さま──」

叫んで志乃が、横たわる一郎太に抱きつく。

「起きてください」

涙を流して一郎太の体を揺さぶる。だが、一郎太からは応えがない。

「お願い、起きてください」

志乃が一郎太の手を持ち、起き上がらせようとする。

「志乃、もう手遅れだ」

冷徹な口調でいって、お竹が志乃の肩に手をかけた。志乃が呆然とお竹を見上げる。

「月野鬼一め。やっとくたばったか。この男のせいで、腕扱き(うでこ)をずいぶんと失ったのだ」

「お竹ちゃん、いったいなにをいっているの」

目を怒らせて志乃が問う。

「私は黄龍(こうりゅう)という。羽摺りの者だ」

宣するようにお竹が志乃に告げた。

「なんだと」

藍蔵があわてて立ち上がった。だが、どこにも刀はない。店に入った直後、奉公人に預けたのである。

「黄龍とな。ひょっとして四神の上に立つ者か」

そうだ、とお竹が大きくうなずいた。

「やはり、きさまがそうであったか」

藍蔵の言葉を聞き咎(とが)めたように、お竹がぴくりとした。

「今、やはり、といったか」

「ああ、いった」

認めた藍蔵が、畳に横たわった一郎太を見やる。

「月野さま、もう起きてもらってけっこうでございます」

うむ、といって一郎太は目を開け、むくりと起き上がった。お竹が目をみはる。なにも知らない志乃も仰天している。

「きさま、生きておったのか」

忍びとは思えない大声でお竹がいった。

「当たり前だ。毒を飼(か)うなら吸物か、そう思って飲んだ振りをしたに過ぎぬ」

ゆっくりと立ち上がり、一郎太はお竹をじっと見た。

「そなたが黄龍だったか」

「きさま、私を騙したのだな」

「ひと芝居、打たせてもらった」

「なにゆえこのような真似を……」

ぞっとするような迫力を全身にたたえて、お竹がきいてきた。

「なに、とうにそなたの正体を見破っていたからだ。黄龍かもしれぬとは思っていた。少なくとも、羽摺りの者であるのはわかっていたからな」

「なにゆえ私の正体がわかった」

お竹が鈍く目を光らせる。

「過日、俺は陽葉里屋で、おまえを売りにきた女衒の輝造の人相書を描いた。それが、この前、倒した四天王の玄武にそっくりだった」

「なんと」

さすがのお竹も、人相書にまでは思いが至らなかったようだ。

「しくじりだ……」

くそう、と悔しそうに毒づいてお竹が顔をゆがめた。

「もし俺が人相書を描かなければ、まず気づかなかっただろう。それに、毒を飼うのは忍びの常道ではないか。おぬしに料亭に誘われたとき、そうではないかと、すでににらんでいたのだ」

無言でお竹が一郎太をねめつける。

「しかし、正直にいえば、そなたがまさか四天王の上に立つ者だとは思わなかった。お竹いや黄龍、娑婆への置き土産として、なにゆえこういう仕儀になったか、委細を聞かせてくれぬか。そなたはもう娑婆におれぬのだからな」

「なに、寝ぼけたことをいうておるのだ」

馬鹿にしたような目でお竹が一郎太を見る。

「まあよい。冥土の土産に話してやろう。私は十一のとき、本当に羽摺りの者にかどわかされたのだ。おとっつぁんは博打に狂っていたが、私を女郎などに売ってはおらぬ」

「そうであったか……」

お竹を見て一郎太は顎を引いた。

「かどわかされた私は忍びの里に連れていかれた。そこで厳しい修行を課せられた。だが、忍びの術は性に合っており、私の技はぐんぐんと伸びていった」

語り続けるお竹はどこか陶然としている。

「先頃、四天王との対戦を許された。私は四人すべてに勝利し、四天王を束ねる黄龍に選ばれたのだ」

「ほう、それはまた並外れた腕前ではないか」

「私はそれだけの腕の持ち主なのだ。きさま、それでも私とやり合うつもりか」

「やるに決まっておろう」

まじめな顔を崩さずに一郎太はいった。

「得物もないのにか」

「そなたも持っておらぬではないか」

「そうかな」

お竹が懐から苦無を取り出した。

お竹、と一郎太は平然と呼びかけた。

「病人の話は嘘ではなかったらしいな」

お竹がいぶかしげに一郎太を見る。

「あのばあさんのことか。子供の時分、ずいぶん世話になったからな」

「ばあさんに親切にできたのは、そなたにもまだ良心が残っている証であろう。おとなしく縛につけば、御上に口添えをしてやらぬでもないぞ」

「なにゆえ私が縛につかねばならぬ」

「そなたは、どうせ俺に勝てぬからだ。勝てぬのなら、端から抗わぬほうがよかろう」

「私がきさまなどにやられるわけがなかろう」

「いや、残念ながら俺のほうが強い」

ふん、とお竹が鼻を鳴らす。

「徳兵衛と志乃は、きさまの仕組んだこのからくりを知っておったのか」

「志乃の様子をみればわかるであろう。なにも知らぬ。話してないからな」

志乃は藍蔵の後ろにいる。

そこに徳兵衛が帰ってきた。立ち上がっている一郎太を見て、肝を潰したような顔になった。

「月野さま……」

これ以上は無理というほど、徳兵衛が大きく目を見開いた。

「生きていらしたのでございますか」

「ああ、芝居だ」

次の瞬間、お竹が徳兵衛の手を引っ張った。苦無を徳兵衛の喉に添える。ひっ、といって徳兵衛が体をかたくする。

「お、お竹、なにをするのだ」

それを見て一郎太はほぞを噛んだが、その思いを面には出さなかった。

「無益な真似を……」

「よいか。下手な手出しをするな。すれば、徳兵衛の命はない」

「黄龍、逃げるつもりか」

一郎太を見てお竹が凄艶な笑いを見せた。

「そう見せかけて、きさまを襲うかもしれぬぞ。忍びが人の逆を取る生き物だと、きさまは知っておろう」

「まこと逃げるつもりだな」

「よくわかったな。形勢が悪い。立て直し、またきさまを襲う。忍びとは、どこまでも執念深い生き物である」

「お竹、死んでもよいのか」

静かな口調で一郎太はたずねた。お竹があきれたような顔になった。

「どうやって私を殺すというのだ。得物もないというのに」

「得物はある」

「どこにあるというのだ。よいぞ。殺せるものなら殺してみよ。私は、徳兵衛を道連れにしてやる」

「そうはさせぬ」

袂からさっと取り出した物を、一郎太はお竹に投げつけた。はっ、としてお竹が顔をそむけたが、それは頰をかすめていき、背後の襖に突き刺さった。

「なんだ、今のは」

襖を振り返って見たお竹がつぶやく。

「吹き矢か……」

お竹の頰が切れている。一筋の血の跡がついている。

「朱雀が使っていた吹き矢だ。針先についた毒の効き目は、まだ残っているのではないか」

「なにっ」

あわててお竹が頰に手を当てる。みるみるうちに顔色が悪くなっていく。

ううぅ、とお竹が苦しみ出した。苦無を捨てて喉を押さえたお竹が、どおっと畳に倒れ込む。徳兵衛があわてて離れる。お竹の顔色があっという間にどす黒くなった。体を激しく痙攣(けいれん)させている。

それは決して芝居などではなかった。

——なんと哀れな……。

悪いのは羽摺りの者だ、と一郎太は思った。

まだ十一だったお竹の美貌を見込んで、羽摺りの者はかどわかしたのだろう。そんな運命さえなければ、お竹はどこにでもいる江戸の娘として幸せな一生を送れたはずだ。

——少なくともこの若さで最期を迎えることには、ならなかったであろう。

やがてお竹こと黄龍はぴくりとも動かなくなった。

目は虚空をにらんでいた。

――本書のプロフィール――

本書は、小学館文庫のために書き下ろされた作品です。

小学館文庫

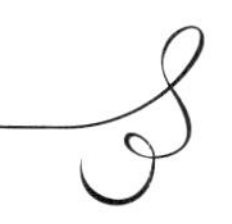

突き(つ)の鬼一(おにいち) 岩燕(いわつばめ)

著者 鈴木英治(すずきえいじ)

二〇一九年六月十一日 初版第一刷発行

発行人 岡 靖司

発行所 株式会社 小学館

〒一〇一-八〇〇一
東京都千代田区一ツ橋二-三-一
電話 編集〇三-三二三〇-五九五九
販売〇三-五二八一-三五五五

印刷所――中央精版印刷株式会社

ISBN978-4-09-406645-6